Collection Fiction

DU MÊME AUTEUR

Ringo, Le murmure, 2016.
Wonderland Babe, AFITT, 2023.

LECOIN, Benoît Marie. *Ikiro*

ISBN : 9782373057225
Dépôt légal : 1re édition, mai 2023

Couverture : Elena Vieillard
www.elenavieillard.fr

Les Éditions Aux forges de Vulcain
1 rue de la Montagne
77600 Bussy-Saint-Martin
www.auxforgesdevulcain.fr

Ikiro

Benoît Marie Lecoin

Les Éditions Aux forges de Vulcain

À ma tendre tulipe,

C'est un roman graphique. Étrange ? Il n'y a pas de graphisme, pas de dessins, pas de bulles... Les traits seront ici : les mots, les phrases, les lettres... Les couleurs seront les adjectifs, la syntaxe, la forme, l'article : c'est un *flow*. Sous peu, je vais me retrouver submergé, le barrage en aval va être mis en eaux. Se déverseront en moi des millions de litres d'eau. Noyé je ne pourrai rien faire sinon me laisser arracher à la terre sans pouvoir me dérober. Seulement sentir naître la peur lorsque le mur d'eau, de limon, ce chaos d'arbres et de pierres se précipitera contre mon corps. De moi ? Il ne restera rien. Englouti en moi-même, sans aucun repli ; sous la surface. Les mots seront les gouttes qui s'ordonnancent en ce grand tout liquide, qui souffle mon édifice mental. Nécessité suprême, l'écriture va se transmuer en histoire et tout se résumera en pensée.

« Ikiro, ils sont au courant Ikiro?
- Pas encore Midori.
- Et quand le sauront-ils ?
- Maintenant Midori, tout commence à présent... »

Hanami

La nuit étend ses cheveux de jais sur le château de Fukuchiyama et son parc, les nuages couvrent le ciel jusqu'à l'horizon. La machinerie de la nature aura fait pousser les *sakura* comme par le passé, comme aujourd'hui. Aux informations régionales, pas un jour sans que des botanistes ne soient invités sur les plateaux de télévision. À ces experts on pose toujours la même question : quand pourra-t-on fêter les cerisiers ? Aidés de nombreux diagrammes et parés de la sagesse des ancêtres, les experts donnent leur avis : le temps viendra lorsque cinq bourgeons seront en floraison sur les arbres témoins.

Les plus courageux, les plus jeunes souvent, sont là ce soir, ils ont étendu de vastes bâches en plastique bleu océan. Ils veillent assis sur elles, comme exilés au centre d'un lac frémissant, lorsque le vent se lève et les pousse à déposer à la hâte, aux quatre coins de leurs nappes de vinyle, des pierres pour éviter qu'elles ne s'envolent. D'autres ont marqué l'emplacement qu'ils ont réservé par de simples cartons. Cette inviolable réservation sera respectée jusqu'à ce qu'ils reviennent.

Ikiro boit, la nuit sera longue, ses amis le retrouveront le lendemain pour fêter le renouveau. Chaudement vêtu, il observe alentour. Fujitaka, Benjiro et Akira lui ont demandé de veiller sur l'endroit qu'ils préfèrent. La bâche est étendue sous un arbre vénérable. L'année dernière ils n'avaient pas pris leurs dispositions, arrivés trop tard ; toutes les meilleures places étaient prises, ils avaient dû se retrancher en bordure d'allée. Ikiro, boit lentement, entrecoupe ses gorgées de Kirin, d'une barre chocolatée aromatisée à la pêche blanche.

Aux premières heures de sa garde, il lisait, sans se soucier des autres guetteurs. L'heure avançant, un jeune homme vint le rejoindre, il se présenta avec déférence, le saluant, lui demandant s'il pourrait partager un verre avec lui.

« J'ai de l'alcool de riz... »

Ikiro n'aime pas le *nihonshu*. Par amabilité il accepta néanmoins la proposition de cet inconnu.

Il aurait sans doute aimé jouir de la solitude que revêtait son attente et qui l'apaisait son regard balayant l'obscurité, considérant la beauté qu'offrait cette nuit d'avril. Très civilement ils entamèrent la discussion. Le jeune homme resta peut-être une heure ; Ikiro est mal à l'aise pour s'entretenir avec un étranger, et ce soir, il préférait le silence aux palabres. Sans doute, le jeune homme s'en rendit compte, lorsqu'après quelques verres d'alcool qu'Ikiro déglutit avec peine il se mit à le saluer encore une fois avec plus de politesse que lorsqu'il l'accosta et prit congé.

La nuit est magnifique, dans la fraicheur de l'air les nuages semblent un peu moins hauts, il aurait presque pu les frôler. Enfant, il imaginait qu'ils étaient faits du coton le plus doux et vaporeux qui soit. Ikiro contemple les étoiles, elles revêtent le ciel d'une antique majesté. Il pense qu'un jour lointain, d'autres que lui se sont allongés en ce lieu pour les observer. « L'espace prête à rêver », songe-t-il, alors qu'il se couche de tout son long sur la bâche bleue, étendant ses bras et ses jambes, offrant son corps aux ténèbres.

Le jeune homme avait repris sa place, d'autres adolescents s'installaient plus loin. On apercevait les faisceaux des lampes qui s'agitaient à la manière d'abeilles folles tandis qu'ils déballaient le contenu de leur sac à la recherche de boissons qui les aideraient à tenir jusqu'à ce qu'ils soient réunis en famille, entre amis... D'autres arrivèrent un peu plus tard ; à minuit le nombre des festivaliers grossit. Les groupes, installés près d'Ikiro, étaient assez silencieux. Il régnait une atmosphère détendue, sans que les paroles ou les rires ne soient une gêne, ou n'entravent sa lecture. Ikiro lisait avec passion le manga qu'il avait délaissé lorsqu'il avait été interrompu. Absorbé, c'est comme si lui aussi se trouvait dans la cordée du *Sommet des Dieux*, rivalisant de courage et de témérité. Posant ses pas dans les empreintes qui l'emporteraient jusqu'à la cime de l'Everest. Une brise traversa le parc, il se sentit atteint intimement, réalité et fiction s'unirent un instant, le vent, une bourrasque violente, s'échappant du cadre du récit. Lui, fantasmant sa progression et gravissant avec difficulté l'âpre versant de l'Himalaya.

« Et les cerisiers ? Reviens aux cerisiers, Ikiro.

- Tu le veux, Midori ?

- Oui, qui y a-t-il de plus beau que les sakuras en fleurs ?

- Rien, Midori. »

Tout autour, les branches sont alourdies. Dans la pénombre, elles lui paraissent presque immobiles, elles se laissent à peine bercer par le vent. Il se dégage une infinie douceur. Assis sous l'arbre, Ikiro vient de finir son manga. Il s'assoit plus confortablement, se redresse, prend appui sur ses mains. Lorsque la brise se ravive, les boutons et les branches tremblent. Il flotte un sentiment de paix. Les fleurs attendent le lendemain, où partout, de Hokkaidō jusqu'à Kyushu, elles seront fêtées avec la même ferveur. Leurs pétales ressemblent aux *hakamas* que portent les jeunes filles à la remise de leurs diplômes. Tissu poudré, corolle dissimulant en partie les jeunes étamines... Environné de beauté, il ne peut que s'endormir sans lutter.

Aux premières lueurs du jour, le silence disparait par vagues à mesure que les participants rejoignent les sentinelles. La nuit avait fui. Un soleil timide, sous l'ondée, peint les fleurs ; drapées de gouttelettes, irisées sous les rais de lumière : elles scintillent ! Une main agrippe son épaule.

« Alors, t'as passé une bonne nuit ? »

Fujitaka, déjà, dépose un carton de bière sur la bâche sur laquelle Ikiro était mollement installé. Ikiro se lève, étend les bras, fait quelques pas, essayant de se réveiller.

« On est aux premières loges cette année ! »

Ikiro ne répond pas, il continue sa gymnastique, collant ses talons contre ses cuisses. Fujitaka tire avec ses dents une cigarette de son paquet souple.

« J'ai été accosté par un type, on a bu du *nihonshu*. Et puis il est vite reparti. C'était assez étrange, on n'a pas vraiment discuté...

– Il devait se sentir seul. »

Fujitaka fume sa cigarette, la cendre se consume... Tandis qu'il décapsule une Asahi, Benjiro et Akira les rejoignent. À peine les saluent-ils qu'ils se retrouvent chacun une canette à la main.

« Allez, buvez les gars ! »

La fête des cerisiers revêtait un caractère particulier. On plaisante, l'heure est à la joie, même si, pour Ikiro, Fujitaka, Benjiro et Akira une autre vie va commencer, c'est peut-être la dernière fois que l'enfance se lit dans leurs yeux. Ils s'adossent au tronc du cerisier et trinquent à ne jamais se perdre de vue. C'est une manière d'anticiper des retrouvailles, de se promettre de se lier les uns aux autres. Comment peuvent-ils se douter qu'ils ne se reverront plus jamais ?

D'autres grappes se forment, partageant gâteaux, alcool, nourriture... Parlant avec des inconnus, discutant simplement avec eux. L'alcool aidant, la fête est propice à se comporter de manière moins codifiée et à se libérer un temps des codes et usages. Fujitaka rejoindra l'armée, Benjiro sera comptable, Akira restera dans la province avec l'espoir de devenir instituteur.

Sur un chaud plaid, ils refont le monde, se perdent en suppositions, souhaitant que leurs choix soient les bons.

« Et moi, quand vais-je apparaître ?
– Plus tard, laisse-moi leur raconter, on ne sait jamais cela pourrait tout aussi bien leur arriver. »

Ikiro et ses amis sont grisés par la bière, Akira expire la fumée de sa cigarette. Les vacances reviendront, comme toujours ; ils seront sous ce même arbre, ils le jurent ! Fujitaka aura peut-être une permission ? On ira avec lui dans un bon restaurant, on commandera des ramens au poulet. On les mangera en les aspirants bruyamment ; on marchera au bord de l'eau. On se racontera tout, Akira fera encore l'imbécile, et leur dira qu'il a rencontré une fille. Fujitaka se moquera de lui. Il l'interpellera.

« *Great Teacher* Akira ! T'as pas du feu ? *Great Teacher* Akira ! »

La bande se souvient des heures passées dans la chambre de Benjiro à lire les aventures d'Onizuka, ce professeur stagiaire chef de gang repenti. La journée file au point que le temps paraît se hâter. Le présent n'a qu'une relative et symbolique substance ; il se dérobe, se précipitant au futur. Le soir venu, le flux des badauds s'écoule sans heurts, chaque groupe quitte son emplacement non sans avoir rangé et nettoyé consciencieusement. Seule trace de leur passage : les brins d'herbe couchés à l'endroit où ils se trouvaient. Une file ininterrompue prend le chemin des poubelles sans qu'à aucun moment ce ne soit la cohue. De la fête il ne reste rien. La jovialité du jour, fait lentement place à la retenue et au sens du devoir accompli. Fatigués les amis se séparent, c'est un « au revoir » chagrin, une embrassade douce-amère. Ikiro rentre à son domicile accompagné d'Akira. Il le quitte quelques rues avant qu'il n'arrive à la porte de chez sa grand-mère, sa *sobo*.

« Tu vois Midori, il faut des détails pour nourrir le lecteur, ils donnent plus de corps et de poids à ce que nous avons vécu.

– Tu as raison, Ikiro. »

Sobo

Le *fûrin* de l'entrée tinte, Ikiro se déchausse, apostrophé par sa grand-mère, il traverse le couloir en chaussons. Dans la cuisine, elle mitonne son plat préféré.

« Pour ton dernier soir, j'ai fait de la friture aux piments pour accompagner un bon riz blanc.

– Merci, Sobo !

– Tu iras au magasin de fruits, tu prendras de belles fraises, ne regarde pas à la dépense hein, et tu les offriras à ta tante. Et va chercher ton futon, il sèche sur la rambarde du salon. Et après tu te laveras les mains et nous passerons à table, mais ne lambine pas, tu sais que j'ai horreur de manger froid.

– Oui, Sobo ! »

Il détache son futon qui embaume la chambre de sureau et de soleil. Sobo avait recueilli Ikiro après le décès de ses parents. Sa maison était imprégnée du parfum du *matcha*, de la poussière – même si grand-mère prenait grand soin de la propreté de son domicile. « C'est peut-être cela le parfum de la vieillesse », se demande-t-il, alors qu'il range son futon et cavale dans les escaliers pour la rejoindre au premier étage. Sobo aimait tendrement Ikiro, même si elle était souvent dure avec lui.

Absolument aimante, elle ne le montrait qu'en de rares occasions, comme si l'affection qu'elle lui portait l'étouffait intérieurement, au point qu'elle ne voulait révéler ce qui s'agitait en son cœur. Elle aimait en cuisinant. Elle embrassait avec un bol de *soba* aux harengs frais, elle frôlait son épaule avec une fondue de tofu, elle l'écoutait tendrement avec des tempuras : elle pensait avec tendresse en mijotant, tranchant, compotant ; dans la vapeur et le choix minutieux des légumes, poissons, viandes... Rien n'était de trop. Elle aimait le surprendre, le gâter, tout en se signifiant d'un « ce n'est pas grand-chose » qui claquait dans l'air à la manière d'une vérité shinto. Ikiro le savait, et faisait le choix de ne jamais lui faire remarquer que sa supercherie était depuis bien longtemps éventée.

Sobo lui demande s'il a préparé ses bagages. Ikiro hausse les épaules en lui souriant tendrement. Elle constate qu'il a le visage de son père, les yeux de sa mère. Cette pensée l'attriste profondément. Voilà maintenant dix ans qu'ils vivent ensemble. Ikiro mange avec appétit, se resservant du riz ; la friture craque entre ses dents. La discussion se poursuit. Est-ce qu'il a son billet pour le bus, la réservation de sa place de Shinkansen, n'a-t-il rien oublié ?

« Tu sais, comparé à Fukuchiyama, Tokyo est un autre monde. Tu feras attention de ne pas te perdre, tu te tiendras bien là-bas. Tu verras, ta tante et ton oncle sont charmants.

– Ne t'inquiète pas, Sobo. Tout se passera bien, n'en doute pas. »

Ikiro va vivre chez cet oncle et cette tante qu'il connait peu. Du vivant de ses parents, ils venaient parfois leur rendre visite pour une courte semaine. De sa cousine, il se souvient d'une toute jeune enfant timide. Les seules évocations qui lui reviennent à cette heure sont les déambulations dans les rues lors d'un voyage à Kyoto et les crampes qui le faisaient souffrir au sortir des interminables repas de famille – son jeune corps peu rompu à la position traditionnelle accroupie. Sans doute ont-ils changé ? La vie n'est qu'une succession de changements, une évolution de chaque instant. Ikiro finit de manger, il dispose ses baguettes devant lui, au bord de la table. Sobo, déjà, s'affaire à laver les assiettes ; elle n'avait jamais voulu qu'entre dans sa maison la modernité que représente un lave-vaisselle, ou une télévision. Elle fit exception pour l'ordinateur d'Ikiro. Elle préférait le contact direct de ses mains dans l'écume du bac, ou de ses doigts feuilletant les pages de son journal... C'était une femme de principes, d'un autre temps.

Ikiro dépose un baiser sur son front et remonte dans sa chambre. À cette attention, Sobo sent son cœur tiédir, se surcharger d'émotions. Elle lui fait une nouvelle réflexion, il s'engouffre dans le couloir.

« Et ne mets pas ta musique trop fort !

– Oui, oui, Sobo ! »

Ikiro ferme la porte coulissante de sa chambre. C'était une pièce donnant sur le jardin qui s'enroulait autcur de la maison en une bande de terre moussue où les plantes de la région poussaient anarchiquement sans aucun équilibre apparent. La chambre était carrée et mesurait trois tatamis de largeur. Les tatamis étaient en partie usés au niveau du seuil et à l'endroit où il avait l'habitude de s'assoir. Dans le fond de la pièce se trouvait une armoire encastrée dans laquelle il rangeait ses affaires. Ikiro allume sa chaine Hi-Fi, il glisse dans la fente un CD que lui avait offert son père peu de temps avant sa disparition. Il avait un goût prononcé pour la musique anglaise et américaine qu'il avait transmis indirectement à son fils. Après leur décès, Ikiro avait hérité de ses parents. Il avait gardé religieusement la montre de son père qu'il chérissait plus que tout.

C'était une montre à quartz analogique et digitale. Un cadran à aiguilles sur la partie supérieure, agrémenté d'un écran à cristaux liquides qui permettait de régler une alarme et donnait d'autres informations. C'était une montre qu'il ne portait jamais, Ikiro avait changé la pile, mais étrangement, sans qu'elle ne connût l'humidité ou le moindre choc, elle ne fonctionnait pas. Il la posait toujours précieusement à côté de lui lorsqu'il dormait.

Il y avait aussi la collection de musique de son père. Ikiro avait appris à mieux le connaître au travers de ses goûts musicaux. Il lance la première piste de l'album Blanc des Beatles, songeant que ceux qui pensent qu'il ne reste rien après la mort se trompent ; subsiste de nous, invisiblement, toujours une trace : matérielle ou immatérielle.

Il sort quelques vêtements du désordre de son placard, il les choisit distraitement. Il pourrait toujours compléter son trousseau à la capitale. Il enfourne des livres dans son sac à dos : Kawabata se trouve compressé entre un classeur qui sent le neuf et la colle, une trousse gonflée de stylos, un exemplaire de son magazine favori... Il choisit aussi d'emporter quelques disques, ceux que ses parents écoutaient régulièrement. Les Beatles, Neil Young... un album d'Henry Purcell qui dénote avec le reste. Lorsqu'il l'écoutait naissait un souvenir ancien très précis : son père s'appesantissant dans le fauteuil du salon, choisissant toujours la « Reine indienne » ; se délassant, concentré sur sa lecture : les chœurs baroques, leurs chants aux cieux de la beauté.

Sobo appelle Ikiro, il arrête ce qu'il est en train de faire, ouvre grand la porte de sa chambre.

« J'entends d'ici ta musique de sauvageon, et finis ton sac, n'oublie rien surtout !

– Pardon, Sobo, je vais baisser le volume et continuer à préparer mes bagages. »

Pour Ikiro, écouter les Beatles ressemble à des retrouvailles, la musique lui donne l'impossible impression que ses parents sont près de lui, portant un regard aimant sur leur fils esseulé. Il se sent pris à la gorge, une larme coule le long de sa joue avant que le CD se termine, rendu au silence de la chambre ; il ouvre sa fenêtre. C'est un moyen de repousser l'heure de s'endormir, une manière de retarder son départ. Il écoute le dernier chant des oiseaux dans la nuit qui s'installe, distingue avec peine un rossignol perché sur le poirier nain du jardin. Se reprenant, il referme la fenêtre. Il vérifie ses billets de bus, de train, l'argent dans son portefeuille. Un temps il croit avoir perdu son pass santé : il finit par le retrouver. Une heure plus tard, satisfait, il referme la glissière de son bagage, déplie son futon, dépose sa montre sous son oreiller, éteint la lumière. Le ciel encore froid est limpide. La Voie lactée entre dans sa chambre, elle présage un sommeil profond ; confit de rêves doux et sucrés.

« Ikiro, as-tu rêvé de moi cette nuit-là ?

– Cela m'attriste mais non, je ne te connaissais pas encore tu sais.

– Oui, c'est vrai, comment pouvait-il en être autrement. Mais tes rêves étaient doux ? C'est tout ce qui compte à mes yeux. »

Au matin Ikiro se lève de parfaite humeur, il descend déjeuner, Sobo boit son invariable *matcha*, imperturbable grand-mère. Ikiro lui promet qu'il n'a rien oublié. Sobo lui jure de lui envoyer de temps à autre un colis ; de l'argent pour ses dépenses personnelles. Ikiro avait aussi hérité d'une maison à la sortie de Fukuchiyama. Sobo, avec son accord, l'avait vendue en prévision du coût que représenteraient les études de son petit-fils. La maison de grand-mère était pauvrement décrépie, mais il n'avait dès lors plus manqué de rien. Ikiro se lève, son car part dans six heures. Il aura le temps de se rendre chez le primeur pour acquérir des fraises.

La pluie a cessé, les nuages semblent former un puits au-dessus de la ville, écartant les intempéries, protégeant Fukuchiyama.

Les fraises

Ikiro enfourche sa bicyclette, le vent avait écarté les nuages, ils s'étaient effilés jusqu'à disparaître vers l'est. Leur maison est construite sur le versant d'une colline, cela fait bien longtemps que le quartier n'avait pas été touché par un séisme. Par superstition Sobo conserve dans sa chambre un morceau de lave provenant du mont Fuji : vestige d'un pèlerinage passé. Elle se garde bien d'en parler. Elle n'est pas certaine qu'elle puisse posséder cette relique : c'était là le seul acte ridiculement préjudiciable qu'elle ne commit jamais. Il existe dans l'archipel des sanctuaires miniatures voués à son culte, des lieux de recueillement pour ceux qui, par manque de moyens, ou de santé, ne peuvent faire le voyage jusqu'au Fuji San.

Une rafale s'éprend de ses vêtements, chahutant son blouson. Chevauchant sa bicyclette, il se laisse griser par la vitesse, bien conscient que tout à l'heure il devra pédaler avec insistance pour rentrer. La ville se découvre à mesure qu'Ikiro dévale le coteau. Il arrive prestement au cœur de Fukuchiyama. Il trouve un parc de stationnement proche de la gare centrale. Il aperçoit un train en partance pour Miyazu une ville située plus au nord, épousant de son littoral la baie de Wakasa : la mer du Japon. Il délaisse son vélo, il ne lui faut qu'une dizaine de minutes pour entrer chez le marchand. Les fruits y sont présentés dans des vitrines étincelantes, posés dans des filets de mousses blanches, joliment enveloppés d'un papier de soie, garnis dans des boites en bois de cèdre. Ikiro considère la fruiterie. La décoration est sobre et distinguée. Le magasin existe depuis trois générations. Le fils du propriétaire tient lieu de guide à une femme éprise d'exception, de raretés. Ganté, il manipule pour elle ses fruits avec une considération respectueuse, les frôlant à peine, les rangeant avec prudence sur leurs présentoirs. Ikiro patiente, la cliente sort du magasin. Le directeur s'empresse de le saluer, Ikiro lui confie qu'il voudrait faire un cadeau à un membre de sa famille.

« J'étais venu pour des fraises...

– Je peux vous en proposer, elles proviennent de la préfecture de Tochigi, vous pouvez en trouver dans des commerces alimentaires, mais celles-ci ont été cultivées par Numao Hiroaki vous savez, ce sont des *tochiotome*, vous ne serez pas déçu, elles ont beaucoup de goût, leur chair est juteuse et sucrée, et regardez ce calibre parfait, ne vous font-elles pas songer à la forme d'un cœur ?

– Oui, vous avez raison.

– Vous pouvez les utiliser en pâtisserie bien entendu ! Selon moi, la meilleure manière pour les déguster c'est nature : leurs saveurs n'en seront que plus délectables. »

Six mille yens plus tard, Ikiro ressort du fruitier et marche en direction de la gare. Il porte soigneusement son achat, attentif à ne pas tomber. Il arrive à sa bicyclette, prend le sac contenant les fraises avec une infinie douceur il le cale à l'intérieur de sa sacoche et lentement reprend le chemin du retour. Il arrive essoufflé chez lui ; il peine à remonter la pente, posa de nombreuses fois pieds à terre de peur de brusquer son fragile chargement.

Sobo l'attend dans la cuisine. Il lui montre son paquet tout enrubanné, elle le trouve beau, lui fait une réflexion sans grande importance et pose deux assiettes de riz au porc et une omelette sur la table. Le fumet du bouillon nappe la cuisine. Ikiro se sent contenté à la première bouchée, si bien qu'il espère, le temps qu'il mange, que sa tante soit elle aussi une cuisinière émérite.

De Fukuchiyama à Kyoto

Ikiro embrasse Sobo après avoir sorti ses valises sur le perron. Elle accueille ce baiser ; alors qu'elle a toujours fait en sorte de ne jamais dévoiler ses sentiments, elle le tire à lui, le serre fort dans ses bras fatigués, et clôt cette étreinte par une tape affectueuse sur sa joue.

« Et sois un bon garçon, hein, Ikiro ?

– Tu vas me manquer Sobo, je t'appellerai pour te donner de mes nouvelles, promis ! »

La porte du taxi s'ouvre, il s'y installe. Il observe au travers de la vitre arrière ; la pente de la route qu'il emprunte paraît avaler la maison de Sobo à mesure qu'il s'en éloigne. Ikiro fixe des yeux le trajet. Le chauffeur ne parle pas, l'automobile est silencieuse, à peine arrive-t-on à discerner le crissement des pneus sur le bitume. La Toyota prend le chemin de la gare Centrale de Fukuchiyama.

Le conducteur n'utilise pas le rétroviseur central, c'est que son regard pourrait croiser celui d'Ikiro et qu'il vivrait cela comme un inconfort pour son client. Il pense qu'il a une vue dégagée et tout aussi sûre en n'utilisant que ceux extérieurs. Ikiro fouille sa poche, il sent la forme du boitier de sa montre, son épaisseur, les rides de métal des maillons du bracelet, les griffures. À se savoir sous la protection de ce talisman, il inspire profondément, souriant tristement sans que le chauffeur ne s'en aperçoive.

Ils arrivent à la gare, le chauffeur sort ses sacs du coffre. Il les porte jusqu'au portique de l'accueil. Ikiro le paye et part encombré, en direction de la borne de compostage. Il y glisse son billet dans la fente, un bruit pneumatique et l'automate poinçonne sa carte d'embarquement. Il lui reste quelques minutes avant que le bus n'entre en gare et qu'il s'immobilise. Des familles se séparent, un homme bien mis, imperturbable, regarde l'horloge au-dessus de lui. Ikiro songe que c'est mieux ainsi, Sobo n'aurait pas pu l'accompagner sans ressentir une infinie tristesse. Se quitter dans un lieu connu est préférable à le faire sur un quai anonyme ; les murs, les rails, le bâtiment... tout est trop chargé de peine.

Le car se gare à l'heure indiquée sur son ticket. Ikiro grimpe non sans s'être délesté de ses bagages dans la soute. Il remonte l'allée à la recherche d'une place seule. C'est le plus sûr moyen pour profiter du voyage agréablement. Le bus repart, il se glisse dans la circulation, prend le périphérique et roule en direction de la ville de Sonobe jusqu'à son terminus : Kyoto. C'est là qu'il doit descendre. Il ferme les yeux un court instant, il est confiant en l'avenir. Il a choisi de se consacrer à des études d'architecture sans trop se questionner. Peut-être qu'à vivre chez Sobo, à s'étonner du judicieux agencement des pièces intérieures dont les volumes donnent l'impression que l'extérieur et la surface habitable ne s'accordent pas entre elles ; peut-être qu'à cause de cette étrangeté volumétrique il avait développé l'envie de poursuivre dans cette voie ?

Il sort son livre de Kawabata et rejoint « la danseuse d'Izu ». Il pleut, les forains se sont arrêtés dans une auberge de montagne pour la nuit, les hommes sont partis au Onsen. Les femmes cancanent joyeusement entre elles. Intensément conquis par sa lecture, lorsqu'il lève les yeux, le car, déjà, entre dans le parking de la gare de Kyoto. Le chauffeur ouvre la soute. Un homme se plaint d'avoir perdu sa valise, il remonte dans l'habitacle, cherche partout mais ne la trouve pas. Le chauffeur lui propose de l'aider en téléphonant à la station de Fukuchiyama pour se renseigner. Rêveur, Ikiro poétise cette perte, imaginant que l'esprit d'un *kami* facétieux lui a dérobé ses affaires. Ils attendent que le bus soit vide et partent à l'accueil espérant retrouver ses affaires manquantes. Quelques minutes plus tard, l'homme téléphonera à son épouse, elle lui confirmera que sa valise est restée chez eux. Contrit d'excuses, l'homme courbé tendra à deux mains et avec énergie sa carte de visite au chauffeur pour s'excuser de cette méprise, lui promettant qu'il lui enverra un présent pour le remercier de son aide.

Shinkansen

La sangle de la besace d'Ikiro glisse sur son épaule, il doit la repositionner pour qu'elle ne s'échappe pas à nouveau. Entravé, marchant difficilement, il arrive à rejoindre le Shinkansen. Là encore à l'heure dite, celui-ci est à quai, Ikiro a à peine le temps de se faufiler à l'intérieur. Il trouve sa place facilement, range ses sacs, et s'assoit dans le moelleux de son fauteuil ; il donne sur les hublots du wagon. L'appuie-tête est du même bleu que la bâche sur laquelle il veilla la nuit qui précéda Hanami. Il songe à ses amis, à la plénitude qui le traverse parfois lorsque certains propos sont échangés, dans ces moments où la bienveillance transparait ; dans une attitude, un bon mot partagé, un regard... Dans ces instants la solitude le délaisse, il est un maillon indissociable du groupe qu'ils forment ensemble. Qu'adviendra-t-il de Fujitaka, Benjiro, et Akira ? Cette pensée disparaît à l'instant où Ikiro prend une pleine bouchée de l'*onigiri* au thon que lui a préparé Sobo pour le voyage. Le riz rond se sépare agréablement, les grains roulent sur sa langue, le thon est frais, crémeux, il se délie agréablement dans sa bouche, l'algue qui l'entoure est craquante. C'est comme si Sobo était encore avec lui songe-t-il : le Shinkansen traverse la campagne... Il fait une pause dans son repas. Arrivé dans la préfecture de Shizuoka, le train à grande vitesse longe la côte, la vue sur la mer est féérique dans la lumière du soir. Il laisse le mont Fuji pour entrer dans le Kanagawa en direction de Tokyo. Ikiro finit son repas en buvant une briquette de jus de pomme. La saveur lui fait songer aux *nashi* qui muriront immuablement dans le jardin de la maison de Sobo, jusqu'à lui survivre. Il ferme les yeux, l'esprit tourné en direction de ce souvenir.

« Tu sommeilles, Ikiro ?
- Les paupières closes sont le théâtre où se déploie la mémoire, tu sais.
- Alors dors Ikiro, souviens-toi encore... »

Nashi

Peu après le décès des parents d'Ikiro, Sobo vint chez sa défunte fille pour prendre soin de lui. Elle resta le temps de remplir les tâches administratives qui lui incombaient auprès du notaire, des organismes, des sociétés de services. L'été avait fondu, septembre s'étalait, on aurait pu croire que rien n'avait changé tant la maison était entretenue. C'est elle qui un matin décida alors qu'un jeune couple venait de finir la visite de la maison en vue de son achat. C'est elle qui décida de garder le poirier nain.

Auparavant, il s'épanouissait paisiblement au fond du jardin, sans ne jamais avoir vraiment grossi, il était frêle et donnait à peine quelques fruits. Ikiro et Sobo le déterrèrent ensemble un jour venteux d'automne.

La maison vendue une semaine plus tard, les paquets et les cartons envahissaient le premier étage. Les déménageurs les emportèrent. En quittant sa maison, Ikiro serrait fort contre lui le poirier dans un pot emmailloté dans une toile épaisse. Tout le long du voyage jusqu'à leur nouvelle demeure, il prit grand soin de lui. Le lendemain de leur installation, Sobo et Ikiro le replantèrent dans un lieu ensoleillé. Ils firent un trou assez profond, le mirent en terre, l'arrosèrent consciencieusement. C'était un *nashi* particulier, c'était celui qu'avaient planté ses parents à sa naissance.

À la date de l'anniversaire de leur disparition, Sobo récoltait les rares poires qui pesaient sur ses branches chétives. Elle qui cuisinait si bien préparait un dessert immangeable. Ikiro peinait à avaler ses bouchées. C'était manger un concentré de mélancolie. Au cours de ce goûter de la mémoire, Sobo se laissait aller à une intime tristesse, parfois même, ses yeux devenaient humides, son regard si sévère était empreint d'une douceur surprenante. Ikiro mâchait toujours, Sobo l'appelait — mon petit. Elle se tournait vers lui et, lui prenant les mains, lui disait de se laisser aller. Ce jour était particulier pour eux : c'était celui des larmes.

« Une journée dans l'année pour se souvenir, le reste du temps pour ne pas t'apitoyer sur toi », lui confiait-elle, buvant de ses lèvres parcheminées un grand verre d'eau pour que la saveur du chagrin s'estompe.

L'arrivée à Tokyo

Le Shinkansen entre dans la gare de Shinagawa. Les voyageurs ont replié leurs journaux, rangé les jouets qui agrémentèrent le voyage de leurs enfants. La lumière sur le quai est bien moins éclatante que celle du compartiment. Ikiro sort, les yeux alourdis, il se rend dans un *take-away* et commande un café frappé. Il le boit d'un trait, la caféine finit de combattre son assoupissement. Attablé, il observe le plan du métro de Tokyo sur son téléphone. Dans un premier temps il a du mal à s'y repérer, puis la logique de sa conception se dessine. Il referme son mobile et s'engouffre dans ses couloirs : en cette contrée de logique et de cohérence. Tout a été pensé si intelligemment qu'il trouve facilement son chemin.

Dans la rame, lui reviennent les nombreuses recommandations de Sobo sur la bienséance. Il place son sac à dos sur son torse pour faciliter la montée des usagers. Il s'assied bien droit sur son siège. Les voyageurs sont plongés dans leurs portables, casque audio vissé aux oreilles, ils regardent des vidéos, lisent le journal, jouent à des jeux, meublent le temps qui les sépare de leur correspondance, ou attendent de parvenir à leur arrêt. Pas un signe n'est échangé. Les groupes d'adolescents chuchotent à peine.

Personne n'empiète sur l'espace de l'autre. Règne un silence confortable. À la station Kanda, six arrêts après la station Shinagawa, une femme monte. Elle trouve une place, non sans difficulté. Il ne lui faudra que quelques secondes pour sortir de son sac à main la poudre qui redonnera à ses joues un teint plus rosé. Il faudra moins de temps pour que les passagers la dévisagent gravement. Elle fait mine de les ignorer, appliquant son rouge à lèvres ; elle enfreint une règle implicite ! On entend un vieil homme se plaindre en marmonnant. La femme continue sa mise en beauté sans se soucier des autres usagers. C'est qu'elle a rendez-vous ; elle qui vit seule a décidé de louer un *escort* pour la journée, elle se maquille par manque de temps, parfois sa main tremble légèrement alors qu'elle fait miroiter ses lèvres d'un *gloss* irisant. À l'arrêt suivant, elle descend. Son compagnon d'un jour à la coupe déstructurée l'attend dans le centre commercial dans un manga-café : ses dents parfaites brillent sous la lumière des néons, il est prêt à lui servir de galants mensonges.

Ikiro reste à sa place, il n'est pas du genre à juger les autres. Le trajet se fait sans autres atteintes à la correction la plus élémentaire. Il sort son Kawabata, il se met à sa lecture. Alors qu'il se rapproche du quartier d'Otsuka, le personnage principal joue au go avec un marchand de papier en gros.

« C'était une jolie femme ?

– Elle m'a semblé désespérée, je l'ai regardée, mais la tristesse qui émanait d'elle prit le pas sur tout autre jugement. »

Chez les Matsuura

Son oncle, sa tante et sa cousine attendent Ikiro devant la maison. Fumiko a bien grandi, elle a huit ans aujourd'hui. Elle l'accueille une lanterne à la main, elle n'a plus rien de la fillette timide et mutique qu'elle était. C'est une enfant enjouée, aux yeux rieurs. Son oncle est un homme de bonne constitution, sa tante est de taille moyenne, son regard est bienveillant et doux. Ikiro s'empresse de poser ses sacs à terre et de donner le cadeau qu'il leur a apporté. Il leur tend les fraises en se courbant en signe de respect.

« Je suis ravi de vous revoir et vous remercie chaleureusement de m'accueillir chez vous, chers *ojisan* et *obasan* !

– Allons, ne sois pas si cérémonieux Ikiro, tu es de la famille tu sais ! »

Sa tante lui demande de se relever et le prend dans ses bras. Fumiko amusée tourne autour d'eux en imitant un avion en vol :

« Ikiro va vivre avec nous ! Ikiro va vivre avec nous ! »

Ikiro la stoppe dans son élan.

« C'est bien vrai ma petite Fumiko, je vais être longtemps chez toi ! »

Il lui ébouriffe les cheveux et il la regarde avec tendresse. Son visage est encore un peu poupon. À cette démonstration de joie et de gentillesse et bien qu'il n'a d'eux qu'un souvenir lointain, Ikiro a le sentiment qu'il vivra heureux ici. On le débarrasse de ses affaires, sa tante le remercie pour le joli paquet qu'il leur a apporté. Elle dépose les fraises dans la cuisine tandis qu'*ojisan* fait visiter la maison à Ikiro. Fumiko les suit, passant devant sa chambre, elle indique à Ikiro que leur mur est commun et qu'ils pourront communiquer le soir en frappant. Petite tornade, elle dévale les escaliers pour rejoindre *obasan*. La maison n'est pas ancienne, elle possède tout le confort moderne, l'intérieur est un peu daté, les meubles européens ne s'accordent pas entre eux au point de donner l'impression d'un ensemble irréfléchi. La cuisine dessert un couloir et au second étage se trouvent trois petites chambres : celle d'Ikiro donne au-dessus du salon. Fumiko remonte à l'étage en riant, elle porte dans ses bras un chat tigré roux qui tente de s'échapper de son étreinte. Elle le présente à Ikiro comme Pumpkin, le chat de la famille. Elle ajoute qu'il est possible qu'il vienne le visiter la nuit et repart avec lui en sautillant sur le parquet grinçant.

Au repas, entre deux plats, on convoque le passé, les souvenirs de ses parents, la tristesse de leur disparition, la bonté de Sobo. Fumiko fait la grimace en mangeant ses brocolis, Ikiro a bon appétit, il écoute *obasan*. La jeunesse de sa mère, leurs courses éperdues à travers la campagne japonaise, les salamandres et les grenouilles qu'elles capturaient dans le drain en contrebas de la rivière : leurs parents riziculteurs. Lorsqu'elle et sa sœur, la défunte mère d'Ikiro, repiquaient le riz, leurs pieds s'enveloppaient d'une boue grasse ; les laissant sécher au soleil, elles jouaient en se prenant pour des éléphants aux pattes imposantes et ridées, et ne se nettoyaient les jambes qu'à l'approche du soir. On rit beaucoup ! Vient le temps des fraises. Disparaissant une à une de la boîte en cèdre, elles sont dégustées tel un grand cru : jugeant de la régularité de leur forme, de leur couleur, de leur chair, de leur exquise saveur en bouche. Ikiro est heureux que son présent soit tant apprécié.

Sur le balcon du salon, le séchoir tourne sur lui-même lentement, les vêtements se balancent dans le vent. Ikiro aperçoit un homme en costume débraillé un peu flouté par la buée qui s'est déposée sur la vitre de la cuisine. Il rentre tard chez lui, titubant, il doit revenir d'un repas arrosé avec ses collègues dans un des nombreux *izakaya* de Tokyo. Il se tient au mur qu'il longe pour rentrer chez lui, de temps à autres, il fait une pause pour reprendre ses esprits, il se colle à une rambarde et, la tête tournée vers le ciel, il inspire profondément puis reprend chaotiquement sa marche en direction de son domicile. Ikiro lève la table, *ojisan* monte coucher Fumiko, il est seul avec sa tante. Elle lui confie qu'elle est très fière de lui. Que l'examen d'entrée à L'Université des Beaux-Arts de Tokyo n'est pas facile ! Elle finit de nettoyer l'évier en jetant dans le bac à ordures le filet qui retient les aliments et lui dit qu'elle est heureuse qu'il soit chez eux.

« Je pense que si ta défunte mère était encore de ce monde, et que Fumiko se trouvait dans la même situation que toi, elle l'aiderait. Allez mon garçon, va te coucher, il est tard, demain tu t'installeras plus confortablement, et dis-moi s'il te manque quoi que ce soit.

- Oui *obasan* !
- Eh, Ikiro, appelle-moi Yumi.
- Oui, Yumi.
- Bonne nuit, Ikiro.
- Bonne nuit, Yumi. »

Nuit

Il n'a pas connu cette sécurité et ce confort depuis bien longtemps : seulement du vivant de ses parents. Chez Sobo il vivait heureux. Il manquait néanmoins une chose qu'il n'arrivait pas à définir pour que son bonheur soit total. C'était une sensation si primordiale qu'elle ne lui était pas apparue, et pourtant elle comptait, même si elle était indéfinissable. Ce soir, il sent qu'il est protégé ; il y a Fumiko de l'autre côté du mur qui les sépare, son oncle et sa tante qui discutent dans leur chambre et qu'il peut entendre doucement ; des chuchotis comme le chuintement de l'eau qui ruisselle et se transforme en un fil d'argent dans les sources des sous-bois. Ikiro est lové dans son lit, son sang est de miel. Plus épais, il semble irriguer son corps plus lentement. Il s'endort, songeant qu'il fait partie d'une famille. Il s'étonne de tout cet amour qui transparait chez les Matsuura, sans barrière, sans filtre. Il entend Fumiko, elle a la particularité de haleter plus qu'elle ne ronfle, il la revoit, petite, marcher tête basse dans les ruelles du vieux Kyoto, elle était si différente ; toujours en retrait, il ne lui manquait peut-être qu'une chose : grandir.

Pumpkin est au pied de son lit, parfois Ikiro tire son futon jusqu'à ses épaules, le chat égal à lui-même, se laissant bousculer, n'ayant aucune envie de quitter sa couette. Pelotonné, il cligne des yeux, s'étend et s'assoupit à nouveau. Ses ronronnements amicaux berceront Ikiro et orienteront ses rêves en de merveilleux royaumes.

Au-dehors : silence. On distingue parfois une personne marcher dans la rue, une dynamo qui peine à alimenter le phare d'une bicyclette. Le linge est resté pendu, il a plu ce soir, mais il était à l'abri et continue à tourner sur lui-même dans la brise perdant peu à peu son inertie. Le chat s'étire, la maison est paisible. Reviennent à Ikiro des souvenirs d'incursions dans les territoires inconnus de l'obscurité ; un rapt de saveur : le goût amer, frais et légèrement poivré d'un radis blanc.

« Tu as l'air heureux.

– Je suis en paix, je ne peux en dire davantage, ne peux même pas justifier ce bonheur, Midori. »

Matin

Ikiro déjeune avec Yumi, oncle Masaki et Fumiko. Pumpkin se rue sur sa pâtée. Le soleil printanier trace le contour d'ombres éphémères. Sa lumière est d'une infinie blancheur bleutée. Pumpkin finit de lécher sa gamelle consciencieusement. Fumiko court pieds nus à l'étage. Tante Yumi sert un bol de thé à Ikiro tandis que Masaki relit à voix haute les titres du journal. Ikiro se sert, aucunement gêné ou intimidé, tant la tendresse et la simplicité enveloppent cet instant. Il finit son thé.

« Que fais-tu aujourd'hui Ikiro ?

– Je vais retrouver Yukisada pour manger en ville, oncle Masaki, c'est l'ami d'enfance de mon ami Benjiiro, un camarade de longue date de Fukuchiyama. Il m'a dit que nous pourrions bien nous entendre.

– Passe une bonne journée, mon grand ! »

Masaki lit toujours avec attention son journal, Yumi s'occupe de débarrasser. Ikiro n'est pas son enfant et elle aime sa fille de tout son cœur, seulement elle aurait aimé avoir un garçon. Son visage se réverbère dans la céramique polie à l'instant où elle pose les assiettes sur le séchoir. Elle regarde intensément son époux, l'embrasse sur le front, ses mains caressant son épaule. Masaki lève la tête avant de s'inquiéter d'un article sur les nationalistes et leur propagande. Il boit une dernière fois à sa tasse, elle s'échoue dans l'évier ; l'eau de vaisselle s'engouffre en son centre : elle chavire, sombre.

Shibuya crossing

En 2010, la nuit, les caméras de surveillance du carrefour ont enregistré pendant neuf secondes de vidéos le carrefour de Shibuya sans que personne ne le traverse. C'est bien différent à cette heure, à chaque passage, un millier de piétons l'empruntent. La pluie se lève sans prévenir, elle adoucit l'agressive répétition des publicités des écrans géants. Des touristes aux faux kimonos en polyester achetés hors de prix au marché d'Asakusa, des *salarymen* épuisés rempilant pour une nouvelle et interminable journée de bureau, des jeunes en bandes, habillés comme leurs *animés* préférés, les fanions des guides qui se perdent dans cette marée humaine. Toutes couleurs, sexes, morphologies, styles vestimentaires, âges ; chacun ayant leurs préoccupations personnelles et leurs existences particulières. Cette foule se mêle au flux piétonnier à la manière d'un ballet aux danseurs sans cesse renouvelés.

Yukisada

Il arrive en retard, il a joué au *pachinko* puis est allé échanger son ticket gagnant dans un magasin non loin de la salle d'arcade. Yukisada a un léger embonpoint, il est de taille moyenne, ses cheveux sont ébouriffés, il porte des lunettes qui dénotent avec la douceur de son visage. Benjiiro le lui avait dépeint comme un jeune homme mélancolique et taciturne.

« C'est un *hikikomori* repenti. Il est resté chez lui deux ans sans jamais quitter le domicile parental, dans sa chambre, ne se nourrissant que des repas que lui préparait sa mère. Il a finalement réussi à s'en sortir. »

Ikiro ne voit pas un mal en cela, bien au contraire : « Il en faut du courage pour se retirer du monde. » Yukisada passe son temps dans une association de réinsertion où il est employé à la bibliothèque. Et il a aussi cette dévorante passion pour les jeux d'argent. Il avait connu Benjiiro sur internet via un forum de passionnés de *sumo*. Tous deux sont fanatiques de ce sport et du georgien Levan Gorgadze, surnommé *Tochinoshin*, premier lutteur occidental à remporter un tournoi sur le sol japonais.

Ikiro s'étonne que Benjiiro puisse être un joueur acharné. Yukisada lui raconte qu'ils parient très régulièrement. Il songe qu'on ne connaît jamais vraiment ses intimes et Yukisada lui en dit davantage sur les courses de *kyôtei*. Seul, il se rendait régulièrement au stade nautique de Heiwajima pour assister à ces compétitions. Il suivait la progression de Nagashima Maki, la meilleure des pilotes de sa catégorie. Le *kyôtei* est un sport dangereux, on ne compte plus les blessés graves ou les morts. Des hors-bords miniatures filent à plus de soixante-dix kilomètre-heure sur l'eau, les compétiteurs doivent, après une longue ligne droite, se jeter à l'avant de leur bateau pour enrouler une bouée du mieux qu'ils peuvent. Yukisada y trouvait des similitudes avec les courses de chars de la Rome antique. Un virage mal négocié pouvait être fatal.

« Et tu sais, les hors-bords n'ont pas de freins, juste un accélérateur et un volant : non mais tu imagines ! »

Il finit ses phrases en s'excusant d'importuner Ikiro avec ce genre de détails et continue de plus belle. Lorsqu'Ikiro lui demande s'il gagne souvent, il se contente de répondre :

« Sans pari, pas d'émotion, c'est parce que l'on peut perdre que la course a un intérêt. »

Il ne s'attarde pas sur ses gains et parle encore moins de ses pertes. Il se sent bien avec Ikiro, c'est comme s'ils avaient toujours été amis. Ils marchent en direction d'un restaurant qu'affectionne particulièrement Yukisada. Ils patientent dans la file d'attente, le temps nécessaire à Ikiro pour lui donner des nouvelles de Benjiiro. Il est heureux qu'il se porte bien. Il ajoute que la profession de comptable lui irait parfaitement. Ils entrent dans le café, leur tour venant, et commandent un jus de mangues et des *fluffy pancakes*. Ils s'installent un peu en retrait. Les clients prennent leur consommation et partent les uns après les autres quittant la quiétude du lieu à la manière de parachutistes qui sauteraient en grappes et retrouveraient le bouillon des rues. Une femme mange, portant sa cuillère avec délicatesse à ses lèvres. Elle demande qu'on lui apporte une peluche : une serveuse dispose une licorne géante qu'elle assied sur la chaise qui lui faisait face. Elle a l'air bien seule. Ikiro s'étonne de cette pratique, Yukisada lui explique que certaines personnes ne supportent pas la solitude et que ce biais leur permet d'avoir l'impression d'être accompagnés – il lui confie que des mois auparavant, lorsqu'il voulait un bubble tea et qu'il en avait la possibilité, lui aussi faisait appel à ce service. Cette phrase attriste Ikiro. En lieu et place de la jeune femme, il imagine Yukisada dans la même position, les yeux rivés sur son smartphone, une peluche palliant une absence chaleureuse. Le sujet des bateaux tari, l'intérêt de Yukisada se concentre sur lui : il l'assaille de questions. La femme boit toujours sa boisson, regardant de temps à autre la licorne, la considérant avec une imperceptible lassitude. Le luminaire placé au-dessus d'elle l'éclaire d'un halo sacré. Elle reste peut-être une demi-heure avant qu'à son tour elle ne retrouve les ruelles du quartier.

La pluie reprend, la jeune semble enveloppée par la toile transparente de son parapluie un instant, dépliant la toile qui la protégera de l'averse. Naît en Ikiro une évocation persistante : il songe aux enfants bulles qui vivent en chambre stérile. Cette pensée l'étonne. Le peu qu'il connaît de la capitale lui donne l'impression que Tokyo est l'écrin de millions de solitudes. Yukisada aspire bruyamment le peu de jus de mangue qui reste dans son verre et il prolonge la conversation. Il lui promet de lui faire découvrir la mégalopole ; Ikiro l'invite à son tour à venir un jour avec lui visiter le château de Fukuchiyama. Les promesses sont des actions en suspens, les réaliser comble de bonheur. Ils quittent le bar et marchent dans les ruelles tortueuses qui bordent Shibuya. Ils passent toute une partie de l'après-midi dans un magasin de *retro gaming* et se séparent sans oublier de formuler le souhait de se revoir. Ikiro reprend seul le chemin de la gare.

Hachiko

Il y a foule devant la statue en bronze du chien Hachiko. Certains badauds pressés caressent ses pattes en guise de respect et disparaissent par l'entrée ouest de la gare. Hachiko était un Akita, une race robuste de fin limier, rabatteur de gros gibier. Son histoire est peu commune. Son maître, Hidesaburô Ueno, professait au département d'agriculture de l'université impériale de Tokyo, c'était peu après la Première Guerre mondiale. Son chien avait pris l'habitude de l'accompagner quotidiennement lorsqu'il prenait son train pour se rendre à son travail et revenait seul, le soir, l'attendant à son retour : sagement assis. Malheureusement son maître décéda, la famille essaya de lui trouver un foyer aimant, malgré cela, Hachiko s'enfuyait toujours et réapparaissait devant cette même gare, espérant retrouver Hidesaburô. Il finit par errer, revenant tous les soirs pour attendre son défunt maître. Bientôt, Hachiko devint un symbole d'affection et de loyauté, et des habitants de toute la ville commencèrent à le nourrir et à prendre soin de lui. Il décéda plusieurs années après Hidesaburô. On retrouva son corps froid dans une des allées qui bordent la rivière Shibuya. Il avait attendu Hidesaburô dix ans sans ne jamais faillir. Son corps est exposé en vitrine au musée national de la nature et des sciences de Tokyo.

« C'est triste, Ikiro.

– Les plus belles histoires ne sont-elles pas tissées de tristesse, Midori ?

– La tristesse nous permet de ressentir l'incommensurable bonheur de certains instants, mon amour. »

Le quartier des Matsuura

Ikiro rentre à la maison des Matsuura, il ne peut s'empêcher, marchant, de songer à Hachiko et ressent l'envie de relire la nouvelle « Terre de rêve » de Taniguchi. Il avait été très ému par la tendresse des personnages du récit pour leur chien Tam, et pour l'attention qu'ils lui prodiguaient. Les lampadaires du quartier ne sont pas encore allumés. Parfois, il croise un restaurant à la devanture désordonnée : le restaurateur laisse exposées aux intempéries des bouteilles vides pour indiquer aux clients qui souhaiteraient manger chez lui qu'il sert des vins de qualité. À deux pâtés de maisons se trouve un bain public comme on peut en voir partout dans la ville. Les fils électriques semblent avoir été installés et raccordés par une araignée facétieuse. Ils forment des entremêlements de câbles et de boîtes de raccordements. Les lignes ne sont enterrées que rarement depuis l'époque des plus gros séismes qui sévirent dans la péninsule. L'ambiance est familiale. Au coin d'une rue, on trouve un *konbini*, ces supérettes si communes où l'on peut acheter presque tout. Un employé de la poste pousse un chariot dans la ruelle étroite. Les maisons n'ont pas de jardin, les voitures sont garées avec précision.

Descendant vers le sud, le quartier semble plus cossu, les habitations y sont moins imbriquées. Ikiro pose le pied sur une bouche d'égout, elles ressemblent à des pièces de monnaie ; les illustrations sont différentes partout dans le pays, au point que certains photographes les collectionnent. Près de la maison des Matsuura on commence à apercevoir des jardinets, il y pousse des plantes n'ayant besoin que de peu d'entretien. Devant les façades s'entasse un fouillis de matériel – trottinettes, vélos, capes de pluie. Passant devant un dispensaire, la lumière qui filtre par les fenêtres sales donne au bâtiment un air daté. Ikiro marche encore, se régalant d'avance du bon repas qu'il dégustera ce soir. Il a su trouver sa place auprès de la famille Matsuura, très naturellement. Tokyo semble ne pas connaître de fin, s'étalant autour des arrondissements centraux : une flaque bouillonnante et fébrile.

Pérou

Yumi s'est activée toute la journée en cuisine. Elle s'est arrêtée sur le coup de quatre heures pour lancer une machine à laver, posant sa main furtivement sur l'appareil, la fonction rinçage lui aurait presque fait penser à des vagues qui se brisent sur des falaises, leur roulis incessant, leur rythme s'amplifiant lorsque la mer se déchaine. Elle ferme les yeux, emportée par le battement du tambour. Plus que tout, elle n'aime pas être seule dans cette grande maison. Souvent, elle remet à plus tard certaines de ses obligations domestiques pour quitter son domicile et marcher dans les rues, au hasard, sans but. Ses grands-parents avaient cru qu'ils pourraient construire leur bonheur sur les pentes de la cordillère des Andes et s'étaient installés à Lima. Ils y ouvrirent, non sans peine, et après avoir économisé de nombreuses années, un petit restaurant de spécialités nippones. De cette aventure, ne restent que quelques photographies de familles et un carnet de recettes noté d'une écriture fine et volontaire. Yumi aimait changer le quotidien des repas par un plat péruvien qu'elle préparait à chaque début de mois. Sobo, si rétive et si attachée à la cuisine traditionnelle japonaise, aurait désapprouvé cette routine.

Ikiro laisse ses chaussures dans l'entrée, Masaki est déjà là, il était passé chercher Fumiko au centre aéré avant de reprendre le chemin de la maison. Ikiro s'étonne du parfum qui s'échappe de la cuisine et qui lui est étranger. Sur la table un plat de *frijoles* : un ragout de haricots lingots cuits avec de la viande de porc et des oignons, servis avec des sortes de cornichons confits dans le vinaigre et accompagné d'une salade de pommes de terre et de saucisses sèches et épicées. Ikiro s'assied à table, il attend que Yumi le serve.

« Après toutes tes aventures, tu dois avoir bien faim. »

Ikiro déteste les haricots, mais il n'ose pas le faire remarquer à sa tante, elle qui s'est donné tant de mal. Elle lui explique l'origine de cette habitude, lui esquisse rapidement l'installation et la vie de ses grands-parents au Pérou, cette terre rustre, où il y a plus de pierre que de sol arable. Ikiro garde ses baguettes en suspend dans l'air, acquiesçant au récit de sa tante, retardant le malheureux moment où il mettra les haricots en bouche, les avalant en faisant mine que tout est délicieux. Etonnamment, il trouve que la sauce, le porc et les oignons révèlent une saveur très particulière, le plat ne s'architecture pas autour des lingots, ils sont agréables en bouche et forment un sentiment de douce félicité. Il songe à l'adage : « Le bonheur culinaire nait lorsqu'on ne l'attend pas » et reprend une bouchée. On parle longuement ; Fumiko lassée du verbiage des adultes demande la permission de quitter la table.

Comme la veille, Yumi lui évoque sa maman.

« Lorsqu'elle était enfant, elle avait une créativité et une énergie débordante. C'était parfois dur de la suivre... »

Ikiro écoute avec gourmandise les anecdotes qui nourrissent la description de ses parents. Masaki la reprend parfois avec tendresse, et tous éclatent de rire. Se rappeler les être disparus fait qu'ils sont un peu plus proches de nous. Une fois le repas fini, Ikiro monte dans sa chambre pour l'aménager, non sans avoir promis à Fumiko de venir la border et de lui lire une histoire pour l'endormir. Ikiro surprend une conversation entre Yumi et son oncle.

« Tu crois qu'il sera heureux avec nous ?

– Je n'ai aucun doute là-dessus, ma chérie. »

Les marches qui mènent au second étage grincent par endroits. Ikiro reprend ce questionnement pour lui. Oui, il sera heureux ici, il en a de plus en plus l'infinie certitude.

Chambre d'Ikiro

Ikiro sort ses affaires de cours. Il les pose sur son bureau, allume la lampe placée devant sa fenêtre et observe le ciel. Il se souvient d'un jour où son père lui avait expliqué le mouvement des astres. Bien plus tard, regardant un épisode des *Chevaliers du zodiaque*, il s'était souvenu de cette nuit et s'était amusé de certaines similitudes entre l'astrologie fantasque du manga et l'astronomie, cette science des plus sérieuses.

Il ouvre ses bagages et commence à les ranger avec précaution. Il secoue sa couette et la borde consciencieusement. Il déteste être débordé lorsqu'il dort, c'est le plus sûr moyen pour se réveiller en pleine nuit. Il dépose le recueil de Kawabata sur sa table de nuit. Sa chambre est assez exiguë, mais elle lui convient très bien. Elle est composée d'une armoire, d'un lit simple, d'un bureau et d'une chaise. Il se fait la réflexion que sa chambre chez Sobo avait un style beaucoup plus monacal et qu'il préfère les meubles contemporains.

Il branche sa petite chaine Hi-Fi sur le courant et, baissant le volume, se met à écouter *Sgt. Pepper* des Beatles. Là, il est chez lui. Ici, il pourra travailler, se reposer... La musique prend possession de la pièce ; un drapeau planté dans un continent nouvellement découvert. Elle semble nettoyer toute pensée négative qui aurait pu naître dans l'esprit d'Ikiro, se brisant aux murs ; elle les lessive par ses *riffs* et ses chants. Ses affaires en ordre, Ikiro se couche un instant, de rares étoiles filantes zèbrent le ciel. Il regarde sa montre et la dépose religieusement sur sa table de chevet.

La lecture

Toc, toc, toooc, toc... Ikiro entend que l'on frappe de l'autre côté de la cloison. Il s'assied sur son lit et cogne à son tour en essayant de répondre avec la même intensité, le même rythme, la même cadence. Une voix fluette l'appelle à le rejoindre.

« C'est le code pour dire que tu dois venir pour mon histoire, Ikiro. »

Ikiro quitte sa chambre et entre dans celle de Fumiko. Elle l'attend avec impatience. Il s'assied sur le coin de son lit et prend un livre au hasard, un de ceux qui traînent à terre. Hello Kitty recouvre les murs ; son teint blanc, son nœud rose dans les cheveux et la quantité de ses tenues et de ses accessoires s'invitent partout. Ikiro choisit *Train de nuit dans la voie lactée*. Fumiko lui demande de faire un autre choix, il veut lui lire l'histoire de *Léo le roi lion*, de *Kitaro le repoussant...* Aucun des albums ou des livres que propose Ikiro ne lui conviennent. Certaines histoires sont trop tristes, trop effrayantes ou elle les connaît par cœur. En désespoir de cause, il lui propose de choisir elle-même. Elle finit par se décider pour *La Famille souris et le potiron*. Elle se redresse dans son lit, ajoutant :

« *Pumpkin* c'est potiron en anglais ! C'est mon papa qui me l'a appris et que c'est aussi le nom du chat. »

Ikiro prend l'album et se met à lire, rapidement rattrapé par Fumiko.

« Grand-père, grand-mère...

– ...Papa, maman et les dix enfants forment une famille de quatorze souris. Voici une de leurs aventures... »

Ikiro referme un instant l'album.

« Mais dis donc petite Souris, t'es pas un peu grande pour cette histoire ?

– Tu sais, je suis grande, oui, des fois, mais c'est bien aussi d'être un peu petite ! »

Ikiro reconnaît à ses paroles la sagesse proverbiale de l'enfance et reprend la lecture avec un ton posé. À peine est-il arrivé au milieu de l'album que Fumiko ferme ses yeux et s'endort. Ikiro remonte sa couverture, allume la lampe près de son lit et referme la porte de sa chambre en silence, la laissant sous la protection bienveillante de Hello Kitty et de la myriade de ses semblables.

Minuit

Ikiro dort, Pumpkin est à ses pieds. Il rêve, peut-être est-il avec ses parents ? La nuit, la frontière qui sépare le monde des morts de celui des vivants est poreuse et fine comme du papier de soie. Midori est assise près de lui, elle lui parle avec douceur. Elle lui dit de ne pas s'inquiéter, qu'il va revenir, lui se retourne dans ses draps. La chaîne Hi-Fi se met en marche, le volume baisse de lui-même ; en sourdine, la musique qui murmure passe à l'envers, les titres, les paroles naissent en un charabia qui le berce un temps avant qu'elles ne se taisent et délaissent Ikiro.

« Combien dorment à cette heure, aiment à cette heure, combien de meurtrissures se réveillent, combien d'éveils et d'insomnies, de tristesses consolées, d'incertitudes glaçantes, de tendresse, de douceur partagée, d'amoureux définitivement perdus, de deuil nous jetant aux confins de la folie et de soleil brillant d'un feu sans pareil ?

– Les humains, crois-tu qu'ils songent à pareilles choses ?

– Les chats ont ce genre de préoccupations. N'es-tu pas bien avec lui, lové à tes pieds ? »

La chaine Hi-Fi s'est éteinte, l'esprit d'Ikiro vogue vers des mers intérieures. Son cœur porte la marque d'un si cher amour qui se répand en lui, l'irradie entièrement. Son esprit sait déjà tout. Son corps, lui, devra apprendre.

Pachinko

Couloirs exigus, hygiéniquement rectilignes, rangées de machines éclairées d'une lumière écrasante aux bruits assourdissants. Les joueurs de *pachinko*, hypnotisés, tournent la molette de leur machine pour régler le débit des billes d'acier qui se télescopent et filent en bas de l'écran à un rythme effréné. Yukisada a donné rendez-vous à Ikiro dans cette salle de jeux. Il arrive à l'heure convenue, observe les clients fébriles. La musique, les vidéos qui se succèdent devant les yeux des parieurs les subjuguent. Un homme d'une quarantaine d'années est venu jouer avant de se rendre au travail, il est ruiné, ment régulièrement à sa femme, se confond en promesses pour qu'elle lui donne toujours plus d'argent. Il est sur le point de contracter un crédit auprès des *yakuza*. Il croit qu'il remboursera sa dette à 12% d'intérêts. Il guette le flot des billes qui rebondissent et s'entrechoquent. À cet instant, ils espèrent tous remporter le jackpot : ils perdront cette joute illusoire !

« Encore un instant, Ikiro, tu vas voir, je vais me refaire ! »

Les habitués sont des zombies élevés en batterie, collés les uns aux autres, exultant tour à tour, désespérés quand la déception pointe. Le moindre gain renforce le sentiment qu'ils sont chanceux. Ce sont des drogués aux combinaisons aléatoires, ils remettent à intervalles réguliers des billets pour nourrir ce bandit manchot – cauchemar de l'épileptique. Ikiro presse Yukisada, il a le plus grand mal à lui faire quitter sa machine à sous. Le *salaryman* attendait en retrait. À peine Yukisada part-il, que celui-ci se jette sur son *pachinko*, comme une guêpe attirée par un piège, secrètement convaincu qu'il lui apportera la fortune.

Le soleil éclaire Tokyo, sa lumière est bien terne en comparaison de celle de l'univers aseptisé et brûlant de la salle d'arcade. Yukisada préfère, aux rayons qui caressent son visage, les ampoules éblouissantes. Il propose à Ikiro d'aller manger une gaufre. Ils finissent leur petit déjeuner et prennent le train pour Ueno. Ils traversent le parc, la température est extrême pour la saison, le temps vire à l'orage. Il est possible qu'il soit suivi d'une averse de grêle, les billes de glace tomberont des cieux au hasard ; un dieu jouant passionnément au *pachi-pachi*. Du ciel s'abattent d'épaisses gouttes qui claquent et frappent le bitume. À l'abri, Yukisada et Ikiro discutent en attendant que le soleil réapparaisse et embrase les nuages gris : une aquarelle aux liserés rougeoyants, au trait humide et éphémère.

Université des arts de Tokyo

Le campus est embouteillé de jeunes étudiants, ils sont guidés par des élèves plus âgés qui se sont portés volontaires. Yukisada a demandé la permission de pouvoir rester avec Ikiro. Autorisation acquise, il se mêle au groupe. C'est une ville dans la ville : atelier de métallerie, auditoriums, bibliothèques, salles de dessin, de sculpture, cafétérias, blanchisserie, logements pour les professeurs en résidence... Ikiro et Yukisada sont ébahis. Le groupe arpente, gravissant des escaliers dans un joyeux brouhaha, empruntant des étages inconnus : s'aventurant dans les entrailles des bâtiments.

On leur explique que le département d'architecture était jumelé à celui de design. Ce n'est qu'en 1983 qu'il devint une discipline enseignée séparément.

« Vous devrez réaliser une chaise en bois comme travail de fin d'année, c'est une technique traditionnelle enseignée ici depuis quarante ans. »

La visite se termine, laissant les étudiants rêveurs, s'imaginant en architectes reconnus, sortant de leur cursus, créant leur cabinet d'études, laissant une empreinte intemporelle à l'instar de leurs professeurs ; remportant le Pritzker, ce prix Nobel d'architecture, comme le fit Ban Shigeru, un ancien. Les premiers cycles débouchent sur l'esplanade ; une flopée de colombes dans un ciel sans nuages. Ikiro et Yukisada passent par le restaurant universitaire, ils s'assoient à une table et observent au travers des baies vitrées cette population inconnue. Leurs vêtements sont chamarrés. C'est contempler un feu d'artifice de vie, un bouillon d'espoirs et de rêves. C'est ce à quoi songe Ikiro tout en buvant sa canette de lait coco. Yukisada rentre chez lui. Lui, rejoint la maison des associations : confiant en l'avenir, sans éprouver d'appréhension ou être intimidé.

« Ton téléphone sonne !

– C'est Sobo.

– Tu ne décroches pas ?

– Non, ce n'est pas le moment.

– C'est un jour particulier, n'est-ce pas ?

– Oui Midori, c'est celui de notre première rencontre. C'est celui où je me suis mis à t'aimer.

– Alors, viens ! »

Les clubs

Elle est là, il ne le sait pas encore. Il est attentif à choisir son club. Le choix est vaste. Ikiro passe de table en table : de la cérémonie du thé à la samba, du rugby au football, du basket au club de montagne. Il essaie de se concentrer et de réfléchir à l'activité qui lui conviendrait le mieux. Il entend une voix derrière lui, elle est cristalline comme le murmure de la neige qui s'amoncelle et recouvre les plaines en hiver. Midori, la main sur son épaule, lui demande de se retourner. Le contact doux, bref et délicat lui donne l'impression que tout son corps est noyé d'une eau pétillante fraîche et acidulée. C'est comme si son organisme n'était qu'une boisson gazeuse. Que ses bulles l'envahissaient intérieurement, s'ébrouant dans son organisme !

« Jeune homme, voulez-vous que je vous prenne en photo ? C'est pour le club photographie de la Faculté. »

À nouveau la main de Midori se pose sur l'épaule d'Ikiro. Il a l'impression qu'il est nu, à terre, et que ce geste si léger est pareil au choc électrique d'un défibrillateur. L'électricité traverse tous ses organes ; il reste immobile, pétrifié le temps d'un soupir : interdit. Il finit par lui faire face. Il la découvre dans toute sa splendeur. Il ne peut détacher ses yeux de son regard noir, d'une profondeur sans fin. Il articule quelques phrases, bafouille. Elle fait la mise au point de son appareil. Midori est à contre-jour, c'est comme si le feu du soleil faisait éclore des fleurs tout alentour. Il ne songe plus aux clubs, il est comme vidé, sans aucun repli face à sa beauté.

« Oui... Oui... vous pouvez me prendre en photo si... Si vous le désirez... »

Il articule cette réponse avec un mal infini pour ne pas trembler, tant il vit l'extase la plus renversante de sa vie. Son esprit, qui n'a plus de droit de cité, se tait. Ikiro souhaiterait la connaître davantage. Et alors qu'elle fait quelques autres clichés de lui, il se dit que jamais il n'a été si intensément troublé. Elle finit, le salue et le laisse éperdument fou d'elle. De ses yeux, de son regard qui questionne et brille de curiosité. Ses lèvres sont deux petits oiseaux blottis l'un contre l'autre et lorsqu'elle sourit, ses dents blanches sont aussi belles que la nacre des abalones. Il a en mémoire son visage, sa voix. Elle pourrait, en sirène fantasmée, vous attirer à elle, vous naufrager. Ikiro s'imagine en Ulysse, il la voit en Pénélope. Elle est loin à présent, continue à tirer des portraits d'autres élèves. Il s'en veut de ne pas avoir été plus loquace, il l'observe, ses cheveux noirs sont battus par une brise naissante, le soleil semble caresser son corps. Elle est vêtue d'une robe sombre et porte un haut sérigraphié : « *I love Japan* ».

« Moi c'est Midori. »

Ikiro reprend difficilement ses esprits, et finalement, un peu moins amoindri et vaporeux, il s'inscrit en journalisme. Ce sera un moyen d'être auprès d'elle plusieurs fois par semaine. Ikiro quitte le campus, il a le nom de Midori en bouche comme s'il s'agissait d'une eau de prune qui le désaltérerait.

« Et tu m'as aimée dès cet instant ? Moi, c'était plus compliqué tu sais, les femmes sont gardiennes du temple des secrets et des mystères.

- Pourtant je t'ai aimée sans limites, dès que tu m'as regardé !

- Et qu'as-tu fait après ?

- J'ai repris la ligne Yamanote et je suis rentré chez moi. Je devais aller aux bains avec mon oncle.

- Alors c'est bien vrai, c'est le commencement de notre histoire !

- Oui Midori, après, tout me parut plus étrange encore ! »

Bains publics du quartier d'Otsuka

Ikiro et oncle Masaki entrent dans le *sento*. Les clients sont âgés pour la plupart ; de nos jours, les jeunes sont moins enclins à s'y retrouver. Il fait couler de l'eau dans une bassine et rince à plusieurs reprises son tabouret en plastique.

« Ça s'est bien passé aujourd'hui, mon garçon ? Je te sens un peu perdu.

- J'ai rencontré une fille. »

Ikiro et Masaki se mouillent abondamment les cheveux, le corps.

« Tu sais, je ne suis pas ton père, mais on peut en parler si tu veux.

- Je n'ai jamais ressenti cela auparavant. Je ne peux pas l'expliquer. Tu crois qu'on peut tomber amoureux juste comme ça, simplement ? »

Masaki se frictionne avec force et, de temps à autre, il s'asperge du contenu de sa bassine.

« Oui, enfin je crois... Tomber amoureux, c'est donné à tout le monde ; aimer, c'est autre chose.

– Mais c'est cela qui est étrange, je crois que je l'aime ! »

Ikiro finit de se laver les cheveux avant de recommencer à se frotter énergiquement.

« Et c'est réciproque, Ikiro ?

– En réalité, il ne s'est rien passé, je l'ai vue cet après-midi pour la première fois !

– Ah, la jeunesse ! Ikiro c'est merveilleux tout ça, c'est follement romantique ! »

La salle des hommes est décorée d'un carrelage bleu et blanc défraichi, Ikiro aime ces murs un peu décatis, cette fresque datée du mont Fuji. Tout confère à l'endroit un aspect ancien.

« Je me suis inscrit dans le club de journalisme de la faculté, elle en fait partie. Ce peut-être un bon moyen pour mieux la connaître et me rapprocher d'elle ?

– Tu me fais songer à moi plus jeune, j'étais très amoureux de ta tante, mais j'étais si timide... »

Tous deux pénètrent dans le bain. C'est à ce moment que le corps se délasse. Ikiro et Masaki se taisent, profitant de l'instant, leurs muscles se décontractent. Une fenêtre permet d'observer le jardin. De temps à autres, un client quitte le bassin et un autre les rejoint. Cette eau brûlante dissipe les tensions accumulées et relaxe le corps et l'esprit. Ikiro ferme les yeux, il entend toujours la voix de Midori, elle s'immisce en lui, assujettit toute pensée.

Il la revoit ; deux rossignols, ses lèvres ressemblant à de minuscules oiseaux chantants, au creux de chacune des courtes paroles qu'ils ont échangées. Une demi-heure plus tard, il est à l'accueil et attend son oncle. Habillé, il traine, commande une briquette de lait : il est doux. Ikiro choisit dans la bibliothèque un manga, et se met à lire *One Piece* pour patienter. Luffy est aux prises avec des pirates, il ne se départit pas de sa bonne humeur et de sa pugnacité. Masaki vient d'émerger du *sento*, il précède une vapeur qui s'échappe de la salle des bassins. Ikiro finit sa brique de lait, repose son manga. Ils quittent le bain public et marchent, les jambes encore amollies par la chaleur du bain. La nuit est sur le point de se répandre : inéluctablement, elle recouvrira le quartier d'Otsuka.

Sommeil

Il vient à peine de raccrocher, Sobo était heureuse d'avoir de ses nouvelles. Elle n'a pas mentionné qu'il lui manquait ; à présent elle est seule. Ikiro lui a parlé de ce premier jour, n'a pas fait mention de sa rencontre avec Midori, de l'émoi qui le serre à la gorge à chaque fois qu'il songe à elle. Discourir d'amour avec une veuve, c'est convoquer chez elle le regret et la perte. Ils se sont dit des banalités, elle lui a promis de lui faire son plat favori quand il rentrera pour les vacances. Elle pense qu'elle le reverra. Elle ignore que cet appel est le dernier, tout comme elle ne peut pas se douter qu'elle n'aura plus jamais la chance de vivre les retrouvailles qu'elle imagine... Ikiro pose son téléphone sur le bureau, il lance un CD, attentif au volume pour ne pas réveiller la maisonnée. *La reine indienne* se met à combler les vides, la piste trois qu'il a choisi d'écouter peu à peu se mêle à l'air, se rend maîtresse du silence, de son bourdonnement. Ikiro reprend son téléphone, il commence une partie de *Candy Crush*, les bonbons éclatent quand il fait des combinaisons judicieuses. Fatigué, à peine le niveau terminé, il règle son alarme et branche son mobile sur le courant pour le recharger. Il observe par sa fenêtre, la lune est à demi dévêtue, les nuages couvrent sa toge de cristal. Les étoiles sont autant d'inaccessibles points célestes qui l'accompagneront au repos. Il a l'impression que depuis qu'il est chez les Matsuura, le soleil et son astre jumeau ont imperceptiblement grossi, à la manière d'un ballon qui gonfle. Il songe à Midori, il multiplie les scénarios, le fond ne compte pas, la forme n'a qu'une seule finalité : lui l'aimant, elle, acceptant cet amour. Ikiro se réveille en sursaut au moment où Pumpkin saute sur son lit. Il se relève, va à la cuisine, l'horloge s'est arrêtée. Il sort un verre du placard et le remplit d'un jus de mangue qu'il boit pour étancher sa soif, le fruit n'apparaît qu'en fin de bouche. Il remonte dans sa chambre, Pumpkin est encore là, définitivement lové dans le moelleux du futon. Ikiro se glisse dans ses draps en essayant de ne pas le faire fuir.

Que fait Midori à cette heure ? Dort-elle ? Ses rêves sont-ils environnés de douceur ? Sait-elle quels transports traversent le cœur d'Ikiro ? Toute une cohorte de questions naît dans son esprit ! Il pourrait tout endurer pour elle, pour le juste bonheur de sa paume contre la sienne, l'exquis plaisir d'une promenade. L'endormissement est le seuil des désirs et des désordres intérieurs, c'est ce à quoi il pense alors que, exténué, il se rendort, laissant là ses réflexions, espérant si chèrement la retrouver. C'est peut-être à partir de ce moment précis que le temps sembla se précipiter.

Les jours suivants

Les forains de *La danseuse d'Izu* de Kawabata restèrent immobiles, attendant qu'Ikiro reprenne sa lecture pour s'animer à nouveau. Il va bien, du moins le fait-il croire à son entourage. Il a revu Midori au club. Elle lui a davantage parlé, s'est étonnée de la régularité de sa présence. Elle lui a prêté un appareil photo pour documenter des activités des autres associations. À chaque fois qu'elle lui parlait, il ne pouvait décrocher son regard de ses yeux. Ikiro occupe tout son temps extrascolaire avec elle. Midori lui apprend les subtilités de la prise de vue avec le réflex qu'elle lui a confié. Il n'écoute rien à ses explications.

« Tu vois Ikiro, ça, c'est l'obturateur, tu dois le régler pour que la bonne quantité de lumière rentre dans la chambre.

– La chambre ? »

La chambre ? Ils pourraient s'endormir l'un contre l'autre, simplement cela. Sentir son souffle, être avec Midori dans un bel endroit, à Kitakyushu, au Jardin botanique de Kawachi Fuji dans son tunnel de Glycine. Ne rien oser, somnolant dans l'exquise suavité d'un mois de mai finissant. Ikiro la regarderait, Midori ferait de même : le temps serait suspendu.

« Tu as à ta disposition plusieurs focales interchangeables. Tu fais coïncider le repère de l'objectif avec celui du boitier, tu tournes et normalement tu dois entendre un bruit sec, c'est que la focale est bloquée.

– Je comprends... »

C'est faux, il n'écoute rien, il veut juste la faire parler, et que naissent de ses lèvres délicates des mots, encore des mots, toujours des mots. Qu'à la nuit venue il puisse se souvenir de ses intonations, de sa main qui guidait la sienne, caressante et tendre. Il édifie un royaume dans lequel Midori est régente de l'amour qu'il nourrit pour elle. L'aimer, c'est se confronter au vertige, ressentir la pesanteur, un manque, là, à la place du cœur. Peut-elle sentir la timidité qui point lorsqu'Ikiro oublie certains mots, transi d'émotion, chavirant quand elle est à ses côtés ?

Durban

À la sortie de la ligne Yamanote, il s'est arrêté devant une publicité pour la marque de vêtements Durban mettant en scène Alain Delon. Vous prenant à témoin, il affirme : « Durban c'est l'élégance de l'homme moderne. » Pointant son index en direction du lecteur il ajoute : « Si je l'affirme, alors il faut le croire ! » Ikiro considère cet encart publicitaire en songeant que l'élégance moderne, c'est tout autre chose, ce doit être aimer avec distinction. Il remonte la rue. On est jeudi, c'est le jour du *sento* avec oncle Masaki. Lui qui lui avait avoué qu'il était amoureux, ne lui en a pas dit plus que cela. Il souffre que Midori ne voie en lui qu'un ami. Souffrir est un sentiment douloureux, néanmoins il est préférable de ressentir une émotion déchirante que de ne rien éprouver. Il espère que cette situation prenne un autre tour. Et puis, il ne lui a pas exprimé ses sentiments : tout n'est pas perdu.

De retour à la maison, il s'enferme dans sa chambre. Ikiro se met à réécrire ses notes de la journée. Il s'effondre soudainement sur son bureau, en pleurs. Il regarde la photographie de ses parents avant leur mort. Quelques jours auparavant, ils lui avaient promis qu'ils se rendraient l'hiver prochain au festival de sculpture sur neige de Sapporo. Comme chaque année.

Sapporo

Ils ont pris une chambre dans une auberge traditionnelle. C'est la mi-février. Il neige sur tout Hokkaido. Ikiro tient fermement la main de sa mère. Ils marchent dans les allées du parc Odori, une foule grossissante à la tombée de la nuit contemple les œuvres de glace. Les familles s'arrêtent souvent dans les stands et les restaurants de plein air pour se réconforter d'une boisson chaude qui combattra le froid qui se renforce. Les festivaliers votent sur leur téléphone portable pour la sculpture éphémère la plus belle ou la plus audacieuse. Astroboy côtoie Totoro, Naruto, un chenillard, un bouddha géant... Ikiro passe devant une représentation de la basilique Saint-Pierre de Rome. Avant que les illuminations ne commencent, ils gravissent la tour de T.V. de Sapporo. La basilique du Vatican au loin ressemble à une serrure céleste, au même titre que le tumulus de l'empereur Nintoku à Osaka, ce sanctuaire inviolé. L'heure est aux rêves et à l'enchantement : une kyrielle d'enfants concourent au plus beau bonhomme de neige, tandis que leurs parents les immortalisent tentant de faire tenir la tête de leur bonhomme. Rires, joies ; Ikiro se jette dans la poudreuse, lui et ses parents étendent bras et jambes pour former la silhouette d'un ange avant de rentrer à l'auberge, retrouver la tiédeur de leur chambre, et de s'endormir dans le calme. Ikiro, les yeux mi-clos, se laisse dépasser par un sentiment réjoui. L'esprit se remémorant la journée passée, convaincu que le lendemain sera tout aussi enchanteur.

« La manière dont tu parles de cette escapade à Sapporo est si belle...

– C'est un souvenir émouvant pour moi.

– On ne sait jamais à quel point il faut vivre chaque instant, mon amour. Et après, ensuite ? »

Izakaya

Ikiro est un étudiant appliqué et passionné. Il s'est bien fait à la vie du campus. Chez les Matsuura, il a trouvé naturellement sa place. Il a essayé à de nombreuses reprises de se déclarer à Midori, mais il lui manquait toujours une once de bravoure pour que naissent les mots tant de fois répétés. Il passe toujours le plus clair de son temps au club de journalisme, Yukisada lui en a fait la remarque. Les deux garçons ne se voient presque plus. Ce soir, son association organise une soirée dans ce petit *izakaya* non loin de l'université, niché dans une ruelle mal éclairée, enveloppé dans la nuit. Le président du club est arrivé en avance, il a téléphoné tout à l'heure pour confirmer la réservation. Le groupe s'est installé sur cette longue table où s'entassent nourritures revigorantes et alcools. Midori est assise avec ses amies, loin de lui. Les convives se rappellent des souvenirs épars, des anecdotes de vie. Se remémorer ces fragments réchauffe l'âme, c'est à cela que songe sa voisine de droite. Ikiro, lui, observe Midori, ses doigts si fins qui portent avec délicatesse son verre jusqu'à sa ses lèvres. Ikiro la contemple. Un moine ne pourrait être plus pieux, vouer un amour plus sincère. Il souhaiterait être ce glaçon que ses lèvres frôlent.

Certains font les pitres, debout, ils s'aventurent sur le chemin de l'humour et tentent des bons mots ou s'empêtrent dans des histoires prétendument drôles. Lui ne fait que regarder Midori, sa tendresse incommensurable ; ce point de repère visuel siégeant si dignement dans ce désordre effaré de bouteilles vides et de cendriers fumants. Elle parle avec ses amies - être près d'elle, c'est être adoubé par le bonheur. Ses voisines chuchotent à son oreille, elle se met à rire, puis se reprend et s'empourpre. « Peut-être parlent-elles de moi ? », se demande Ikiro, qui a bien du mal à suivre la cadence alcoolique du compagnon à sa gauche. Midori se lève pour se rendre aux toilettes, il la suit des yeux dans un traveling qui la voit disparaitre derrière la cloison. On commande pour Ikiro un autre verre, on l'incite à boire, on lui fait remarquer qu'il n'est même pas éméché : les rires fusent ! Peu à peu, il se laisse aller, il est possible que, gris, il ait assez de témérité pour avouer ce qu'il a sur le cœur. L'alcool lui monte à la tête. Dix verres plus tard, ses gestes n'ont plus la même précision, le cerveau reste vaillant, la pensée n'est pas flageolante, mais le corps est gourd. Midori est encore là, il est tard, au dehors la fraicheur de la nuit, dans le bar, les clients boivent et reboivent jusqu'à être saouls. À son tour, Ikiro se rend dans les W.C. Au moment où la porte des toilettes se ferme, il a le cran nécessaire pour lui faire sa déclaration. C'est simple d'y songer, c'est une tout autre affaire de se confier. Ikiro se lave les mains, s'humecte le visage, rentre dans la salle de l'izakaya : Midori n'est plus là !

« J'étais partie, je rentrais chez moi, tu sais j'étais fatiguée.

- Midori, ne plus te voir, même fugacement, ne pouvait que raffermir les sentiments que je te portais. J'ai vécu ta soudaine disparition comme une blessure. »

Ikiro paye sa part, revient chercher ses affaires, prétexte qu'il doit rentrer, que la route est longue.

« Je suis crevé et demain on a une journée bien remplie qui nous attend ! »

On le laisse partir, il quitte les derniers fêtards, les laissant s'alcooliser, et sort en trombe de l'*izakaya* : la pénombre le happe. Il court au hasard dans Tokyo. Après dix minutes d'une course frénétique, il l'aperçoit au loin. Il arrive près d'elle : ils sont seuls dans la gare d'Ueno. Ikiro inspire profondément, l'air est enivrant, et étrangement étouffant. Il s'incline.

« Voilà... Midori, tu as dû voir que j'étais très présent au club, nous passons de bons moments ensemble... Enfin, j'ai beaucoup réfléchi.

- Ikiro ?

- Attends, laisse-moi finir, ce n'est pas dans mes habitudes de confier ce genre de choses.

- Ikiro...

- Oui, tu as dû t'en douter, ou même peut-être sais-tu ce que je vais te demander : je suis amoureux de toi, Midori, et je voudrais que nous sortions ensemble.

- Ikiro.... Je suis désolée... Je ne t'aime pas.... Nous sommes amis, cela ne changera rien ! Tu es un garçon charmant, mais je suis amoureuse de Fujita, le capitaine de l'équipe de base-ball ! Tu ne m'en veux pas, hein ? Allez, rentre chez toi, on a tous beaucoup bu : on se voit demain ! »

Ikiro est dévasté. Il s'imagine en Sisyphe, roulant éternellement le poids de son chagrin. Les yeux embués, il prend le métro et débouche à Otsuka. Il passe devant le bain public du quartier. Il marche, se souvenant du premier soir chez les Matsuura, de cet homme qui s'appuyait à la rambarde pour reprendre ses esprits. Ce n'est pas l'alcool qui le brutalise, mais bien la déception amoureuse.

Kappa et Hachiko

Hachiko, le chien fidèle, et un *kappa*, le démon des eaux, jouent aux cartes dans le quartier de Shibuya, à l'endroit même où l'on retrouva le corps sans vie de Hachiko. La rivière est profonde à cet endroit, le *kappa* y a trouvé domicile. Il émerge parfois de l'eau pour jouer de mauvais tours aux hommes, espérant se régaler de leurs viscères. Ils ont pris l'habitude de se retrouver sur les rives pour des parties endiablées de *hanafuda*. Hachiko est un fin stratège, il sort souvent vainqueur de leurs confrontations. Pumpkin arrive en retard, c'est son plaisir que d'être le spectateur privilégié de leurs batailles. Il dépose en signe de respect un concombre, ce mets favori du *kappa*. Celui-ci le remercie avec douceur et l'engloutit goulument. Hachiko réfléchit à la carte qu'il doit poser. Pumpkin s'assied auprès des compétiteurs.

« Tout va bien pour toi ?

– Je dois dire, cher Kappa, que votre sollicitude me touche infiniment. Je suis quelque peu perplexe, c'est que le nouvel humain qui vit à présent chez moi me pose quelques soucis.

– Il a l'air gentil cet humain ?

- Oui, il l'est, cher Hachiko, mais il est très amoureux. Je ne me doutais pas de combien l'amour peut être à ce point une douloureuse compagnie.

- Et que vas-tu faire ?

- C'est en partie la raison de ma présence auprès de vous cette nuit. Je voudrais l'aider. Qu'en pensez-vous ?

- Est-il digne de confiance, mon cher Pumpkin ?

- Il l'est, bien entendu ! Ce n'est pas dans mes habitudes de m'attacher à de stupides humains !

- Et quel est ton plan ?

- J'attends que le monde des esprits se mêle à celui des vivants.

- Tu sais que pour que cela se produise, tu dois perdre l'une de tes vies ?

- Une de plus ou de moins, cela n'a qu'une relative importance !

- Alors, tu vas lui venir en aide ?

- Oui, chers amis ! Je vais exaucer son vœu, avec tout ce que cela comporte de sacrifice.

- Il ne te restera que sept vies !

- Ne dit-on pas que c'est le chiffre de la chance ? »

Pumpkin fait la promesse de guider Ikiro. À peine prononce-t-il ces paroles qu'une langue de feu l'enveloppe et s'éloigne vers le ciel.

La chambre est silencieuse. La montre, cette relique qui ne fonctionnait plus, s'emballe. La lune grossit au point d'être plus lumineuse que l'astre roi. Le soleil raffermit son feu dans le ciel. Le temps s'accélère, tout comme la course éperdue des planètes et des étoiles. Ikiro dort pesamment, fatigué, d'une fatigue morne, glissant inexorablement aux cauchemars. Le soleil et la lune traversent la nuit comme des comètes, et Ikiro ne se doute de rien. Pumpkin est de retour auprès de lui. Il songe que perdre une vie quand on en possède plusieurs, fait que l'on s'attache plus philosophiquement à l'existence. Il regarde Ikiro qui, dans ses songes, s'épouvante de l'amour qu'il porte à Midori. Pumpkin se pelotonne au pied du lit et attend que finisse le charivari céleste qu'il a provoqué.

La montre

La montre se meut à la manière d'une chenille. Elle avance dans un mouvement d'accordéon, tombe au sol, gravit le montant du lit d'Ikiro, se referme à son poignet et se met à sonner dans la nuit, le réveillant en panique. Dans un premier temps, il croit que tout ceci n'est qu'un rêve, qu'il est prisonnier d'un mirage. Il se lève somnolent, va à la fenêtre. Il ne s'est pas aperçu que la montre de son père est à son poignet ; elle est légère, le bracelet très fin. Au dehors, c'est le vacarme de la pluie, une averse bruyante qui darde de ses gouttelettes. En s'approchant, il constate qu'elles forment un rideau, mais elles montent de la terre aux cieux, au mépris de la gravité ! Ikiro, surpris, se jette sous sa couverture ; il est terrifié. Pumpkin s'assied face à lui, et au-dessus du futon commence à lui asséner de petites tapes pour qu'il se lève.

« Debout humain ! Tu as bien assez dormi, mon petit Ikiro ! »

Ikiro entend cette voix étrangère. Il se pelotonne comme pour s'en protéger, imaginant que, s'il reste immobile au fond de son lit, tout s'apaisera dans la nuée et sur le monde.

« Bon, un peu de courage mon petit, les choses ne viennent pas comme ça. Si tu es amoureux de Midori, tu t'y prends comme un idiot. »

Les mots de Pumpkin lavent à grande eau toute trace de peur ou d'incompréhension, Ikiro sort de ses couvertures, se lève soudainement et il fait face au chat.

« Tu connais Midori, le chat ?

– Oui, enfin, non, c'est que je connais Blossom, la chatte de Midori, c'est une amie de longue date, et j'en sais en tout cas plus que toi sur elle, et je te le confirme, tu n'as aucune chance avec elle si tu t'y prends de la sorte. Et puis, ne m'appelle pas le chat. C'est d'un réducteur ! Quand tu t'adresseras à moi, tu me nommeras : maître de l'univers !

– Tu ne crois pas que tu exagères ?

– Tu as raison, c'est peut-être légèrement pompeux, appelle-moi Soke, après tout je suis le maître de cette maison.

– Je t'appellerai comme tu veux. Mais pour Midori ?

– Bien sûr que je peux te venir en aide.

– Merci le chat ! Pardon : merci Soke ! »

Ikiro regarde la montre de son père. Elle fonctionne alors qu'elle n'a pas de pile. Plus étrange, elle marque le temps à l'envers, les aiguilles tournant à rebours. Il demande des explications à Soke. Il ne semble pas être inquiété par cette bizarrerie ; couché sur le sol, il regarde Ikiro de ses yeux perçants. Ikiro, lui, est galvanisé à la pensée que Soke puisse l'aider. Il n'est plus effrayé, il accepte cette situation surnaturelle. L'amour développant en Ikiro des ressorts insoupçonnés.

« Ikiro, le monde des esprits a ses codes et ses lois. Te les énumérer serait trop long. L'univers est bien instable, tu sais. Chaque action peut être bénéfique ou catastrophique.

– Je ferai attention, Soke !

– Tout devrait bien se passer alors, cher petit. »

Flore et faune

Soke et Ikiro passent devant la chambre de Fumiko. Une fine bulle couleur d'ambre l'a envahie. Elle s'est répandue jusqu'au seuil. C'est comme si la fille s'était endormie au centre d'un rayon de miel. Ikiro tend sa main, elle traverse la bulle sans la crever, il la ressort toute humide. Soke lui apprend que les êtres humains, au cours de certaines nuits, sont plongés dans un état de veille. C'est le moyen qu'ont trouvé *kami* et *yokaï* pour ne pas les croiser quand ils se rendent sur terre. D'une certaine manière les vivants sont comme morts et les morts sont vivants. Sous la lumière de la lune, le miellat brille de mille feux. Ikiro va de surprise en surprise. Cependant, il voudrait bien savoir comment séduire

Midori. Soke lui explique que lorsque l'on arpente la campagne, on croise de nombreux autres chemins.

« Ikiro, il ne faut pas croire que l'existence est un sentier unique, bien au contraire, il y a une multitude de directions à suivre. Elles sont incertaines, mais elles existent bel et bien. »

Arrivés au salon, ils trouvent oncle Masaki et tante Yumi assis, regardant la télévision. Ikiro les interpelle. Statufiés, ils ne se retournent pas. Et lorsqu'ils expirent, une vapeur orangée monte et disparaît en traversant le plafond. Le téléviseur est allumé. La réclame qui est diffusée loue la qualité de l'eau thermale de l'auberge des bains de la sorcière Yubaba. Avant qu'il ne soit questionné, Soke prend la parole.

« Un très bon établissement, j'y allais souvent lors de ma seconde vie. Ne soit pas étonné, la nuit, la télévision des humains est remplacée par celle des monstres.

– Quand reviendront-ils à la vie, Soke ?

– Qui, ta famille ? Demain, prochainement, tout dépend ce que l'on appelle demain, tout dépend si le temps s'effile où s'il reprend sa marche habituelle. »

Au moment où Soke et Ikiro sont sur le point de quitter la demeure des Matsuura, un grondement sourd provenant du sol précède l'éclosion de racines qui croissent à vitesse accélérée et agrippent les fondations : la maison s'envole et se retrouve suspendue à plusieurs mètres du sol. Ikiro a bien du mal à en descendre, il pose ses pieds en faisant attention à ne pas chuter. Contrant les effets du vertige, il arrive sans encombre sur le bitume. Les bâtiments ont poussé ; il ne reste rien du quartier d'Otsuka et de son ambiance un peu austère. Les bâtisses sont toutes perchées en haut d'arbres vénérables. Au loin, les lumières clignotent et se transforment en lucioles de verre, elles se dévissent des éclairages et s'en vont papilloter ailleurs. Les bouches d'égout se muent en grenouilles, les lampadaires en hérons aux becs qui claquent dans la nuit étoilée. Les immeubles sont ceinturés de vignes vierges, Tokyo se laisse envahir par la Nature. À terre, une végétation dense et équatoriale règne sur la ville. Les baies des buildings se désolidarisent, roulent sur elles-mêmes et forment des feuilles transparentes qui recouvrent les étages, pendent dans le vide et confèrent aux constructions des airs de planètes mystérieuses.

« La Nature est assujettie aux hommes. Elle n'en souffre pas parce que, comme tu le vois, elle retrouve sa superbe les nuits où les esprits sont en visite. »

Ikiro reste bouche bée, il se fraie un chemin au travers de la végétation comme il peut. Jusqu'à ce que Soke s'arrête et murmure aux ronces.

« Plantes, mes amies, laissez ce petit d'humain avancer sans l'entraver, il est sous ma protection.

– C'est le petit homme qui a sauvé son poirier ?

– Lui-même.

– Alors qu'il passe, il est notre invité. »

Très étonné, Ikiro demande à Soke comment les ronces sont au courant au sujet du poirier.

« C'est qu'elles communiquent avec le vent. Les plantes sont un peu toutes de la même famille, il est très probable que ton poirier soit l'un de leurs lointains cousins. Ton arbre à *nashi* a dû leur confier que tu n'avais pas voulu te séparer de lui. La Nature est ô combien émue par ce genre d'attention. »

Les fougères s'inclinent, les branches lui font la révérence, les hautes herbes se couchent devant son pied, les lianes se décroisent et lui ouvrent un tunnel, le rideau inextricable de fleurs, d'arbustes et tout l'univers végétal agréent à sa présence. Au ciel, les étoiles n'ont pas le même chatoiement, elles enluminent tout d'un rouge vif et clignent à un rythme discordant : Ikiro s'émerveille. Il reprend la marche, pour ne pas perdre Soke.

Ils traversent des plaines, des monts et des collines ; les bouches d'incendies, ces étranges gargouilles, crachent de l'eau avec force, formant de moussus marécages. Ikiro et Soke montent finalement dans le train de Yamanote transformé en carpe aux écailles étincelantes.

« Monstres, esprits, chats, Ikiro, bienvenue à bord du Koï Express. Attention à la fermeture de la gueule, cramponnez-vous bien. Prochain arrêt : Tabata. »

Au moment où Ikiro se fait la réflexion qu'il n'y a pas d'eau et que le poisson ne pourra pas se déplacer, le Koï Express se lance à grande vitesse en suivant le tracé des rails. Ikiro et Soke, dans le poisson merveilleux, se tiennent comme ils peuvent. Deux minutes plus tard, ils arrivent à la gare. La carpe ralentit, les passagers sortent de sa gueule. Le Koï Express expire profondément avant de repartir, battant de sa nageoire caudale en direction du sud.

Blossom et sa maîtresse

Ils arrivent au pied d'un érable au tronc puissant, de ceux qui, le plus souvent, sont le gîte d'esprits anciens. Tout comme la maison des Matsuura, celle de Midori est perchée à une dizaine de mètres. La fenêtre du rez-de-chaussée est entrouverte. Il se demande comment l'atteindre. À peine cette pensée naît en lui qu'une des branches, massive, s'abaisse jusqu'à eux et les entraine là-haut où une chatte blanche les attend sur le rebord. Elle croise nonchalamment ses pattes et se couche sur le flanc : elle interpelle Soke.

« Tu as mon lait de rose ?

– J'y ai pensé Blossom ! »

Blossom se jette sur la fiole avant même qu'ils ne soient à l'intérieur. Elle engloutit jusqu'à la dernière goutte du précieux liquide et, pour finir, fait les honneurs de sa demeure. Tous trois gravissent les escaliers.

« Ah, ce lait est un véritable nectar. Bon pour le teint, et délicieux. Ne suis-je pas magnifique ? Non, mais regardez-moi la finesse de ce pelage. Voyons, mais répondez, Pumpkin !

– Je n'aime pas ce nom. Ikiro, lui, me nomme Soke.

– "Maître de maison", rien que ça, votre prétention vous perdra, mon cher Pumpkin !

– Votre gourmandise aussi, très chère Blossom ! »

Arrivés au second étage, ils empruntent un long couloir avant de se retrouver devant la chambre de Midori. La pièce est enveloppée d'une matière savonneuse, Blossom et Soke traversent la bulle : Ikiro s'élance à son tour. Au cœur de cette étrangeté, la pesanteur n'est pas la même, elle s'apparenterait à celle que l'on rencontre dans l'espace. Ikiro flotte. Il arrive en peu de mouvements au pied du lit. Elle est si belle dans cette pause sculpturale. Ses cheveux noirs flottant à la manière des tentacules des anémones de mer ondoyantes dans les courants marins, son corps frôlant à peine le matelas où elle repose.

« Tu m'as regardé dormir.
- Oui, c'était contempler un paysage à la lumière caressante et si changeante, j'avais presque l'impression qu'au-delà du sommeil je pouvais entrer en communication avec toi. »

« Ikiro ? Midori est sous le joug d'une magie puissante et si ancienne qu'elle se perd dans le flot du temps. Je ne peux pas rompre ce sortilège. Après tout : je ne suis qu'un chat. »

Il observe Midori avec attention, son souffle se muant en une vapeur orangée. L'envie de la prendre dans ses bras est bien présente, il sait qu'il ne doit pas le faire. Dans cette chambre en cette nuit peu commune, il tente de se forger un souvenir de cet instant. Il reste peut-être une heure à l'observer. Saurait-il peindre qu'il pourrait faire d'elle le plus charmant des portraits. Il fixe ses paupières closes, voudrait si chèrement déposer un baiser sur ses joues d'albâtre : ce pourrait être dangereux ! Le temps de ces nuits chavirées n'a pas la même consistance, il s'agrippe de toutes ses forces à la nuit. Son allure se cristallise pour que *yokaï* et *kami* jouissent entièrement de leur pérégrination terrestre.

« Allez mes jolis ! Tout doux, monsieur l'amoureux ! Il est tard et j'irais bien me coucher. Vous pouvez revenir, vous connaissez le tarif : deux fioles de lait de rose la visite.

– Mais c'était une fiole tout à l'heure !

– Pas de discussion Pumpkin, les prix augmentent comme l'amour ! »

Ikiro quitte Midori et Blossom empli de questions.

« Soke, quel est ton plan ?

– Il nous faut nous rendre à Shibuya, Ikiro. Là-bas nous trouverons surement des réponses. »

Professeur

Ils prennent à nouveau place à bord du Koï Express qui les dépose à la station Shibuya. Le bronze d'Hachiko le chien fidèle a disparu de son socle. Plus loin, il joue avec un homme d'un âge avancé. Celui-ci, étonnamment énergique pour une si frêle silhouette, lance un bâton aussi loin qu'il peut. Hachiko tremble d'euphorie et se met à courir en tous sens. Après quelques minutes, le chien se couche à ses pieds : l'homme lui frotte la tête, le poitrail, avec vigueur. Le chien s'allonge, contenté, son maître fixe le ciel. Soke, lui, aimerait bien manger du poisson, et raconte avec de délectables détails comme il est satisfait quand il boit le jus du thon que lui laisse Yumi. Ikiro s'impatiente : c'est qu'admirer Midori a raffermi les sentiments qu'il lui porte. Soke lui dit d'attendre.

« Ne dérangeons pas le professeur.

- Cet homme est le malheureux universitaire qui mourut ?

- Et l'*akita* couché à ses pieds est le loyal Hachiko qui guetta son retour. Lors de ces nuits où les démons sont de passage, ceux qui sont séparés par la mort reprennent vie et s'unissent à nouveau dans le monde des esprits.

- Mais moi je suis bien vivant, Soke !

- Toi, mon petit Ikiro, tu as été tant aimé par tes parents qu'à l'heure où ils quittèrent ce monde leurs pensées n'étaient tournées que vers toi. Ils durent te combler d'un souhait. Et moi, je suis en quelque sorte ton soutien. Tu comprends, Ikiro ?

- Oui, je comprends. »

Ikiro a froid, il baille de fatigue et se frotte les yeux. Soke reste debout, digne, immobile. L'homme réajuste son chapeau, s'assied plus confortablement sur son banc et appelle Ikiro à lui. Un peu intimidé, le jeune homme s'installe à ses côtés. Hachiko et Soke conversent comme le font des amis de longue date.

« C'est toi, le petit Ikiro ?

- Oui, professeur !

- Je t'imaginais encore plus petit. C'est fou comme on passe son temps à supposer les choses au lieu de s'assurer de ce qu'elles sont réellement. Ne crois-tu pas, Ikiro ?

- Oui, vous avez raison, professeur.

- Et tu es amoureux. Tu sais pourquoi tu l'es ?

- Non, je sais juste que je l'aime.

– Et tu aimes cette Midori au-delà de tout, hein ? Par-delà même de ce qu'elle peut ressentir pour toi.

– Je peux aimer pour deux !

– Aimer pour un c'est bien suffisant. Et tu veux que je t'aide à trouver un moyen d'être avec elle ?

– Il y en a un ?

– Oui il y en a un, la question c'est de savoir si tu es prêt à assumer ton choix.

– Plus que jamais !

– Vous, les vivants, êtes impulsifs et combatifs alors que vous devriez être réfléchis et pensifs. »

Le vieil homme se tourne vers Soke qui discute chaleureusement avec Hachiko.

« Si tu veux aider ce garçon, Pumpkin, tu dois te procurer un *tamago*. Seul ce petit être peut lui permettre de vivre la romance qu'il espère.

– Oui, professeur. Je vois très bien de quoi il s'agit.

– Et n'interfère pas à tout venant dans la destinée de cet humain ! C'est à lui d'exister, peu importe ce qu'il connaîtra. Un souhait n'appartient qu'à celui qui le formule. Tout comme l'existence qui est propre à chacun. »

Le professeur regarde Ikiro avec la même intensité qu'il prodigue à Hachiko. Ikiro et Soke quittent l'esplanade. Ils rentrent chez les Matsuura par le même chemin qu'ils avaient emprunté auparavant. Il y a encore une longue route à parcourir pour retourner au quartier d'Otsuka. Ikiro a tout le temps pour se réjouir des paroles du professeur. Il aime Midori d'une manière cruelle : elle est enamourée d'un autre. Peut-être, mais il a la sensation grandissante, cette suprême certitude qu'elle l'aimerait tout autant si elle l'accompagnait dans un tel voyage. Rien ne pourrait assombrir un bonheur si grandiose ! Soke marche, Ikiro regarde sa tête osciller au rythme de ses pattes qui marquent l'herbe grasse. Avant qu'il ne s'arrête et, d'un bond, disparaisse dans les fourrés !

Tamago

Les sens de Soke sont en éveil, son corps se raidit ; il a beau n'être qu'un chat de salon : il redevient félin ! Il court : les arbustes et les ronces s'écartent à son passage. Il file au travers du manteau végétal, il cavale comme le vent, les *tamago* ne doivent plus être très loin, il ralentit, scrute alentour, il se met à courir à nouveau et débouche sur une clairière : il est face à la colonie.

Les *tamago* s'agitent en toutes directions, et lorsqu'ils touchent le sol ils poussent un petit cri. On entend le « pop » qu'ils produisent à intervalles réguliers. Il est aisé de les reconnaître et plus encore lorsqu'ils roulent ou sautillent. En file indienne, ils sautent à l'eau et nagent si vite qu'il est impossible de les attraper. Ils sont de forme ovoïde, creux à l'intérieur, sans organes, emplis d'une sorte de pâte verte. Leur peau est souple comme un beignet vapeur. Quand ils se déplacent, on aperçoit de la guimauve remuer au travers de leur enveloppe translucide.

Soke s'amuse à les voir s'ébrouer. Ils ont un langage complexe et propre à leur espèce. Seulement il est bien difficile de les comprendre, et même Soke n'y arrive pas. S'ils clignent des yeux, ceux-ci disparaissent un court instant. Ils résident ici, ailleurs, ne sortent que les nuits tissées de magie et de mystères. Les *tamago* vivent en communauté, le bonheur de l'un satisfaisant tous les autres. Ils apprécient les lieux humides et nidifient dans le tronc d'arbres tapissés de lichens. Ils se nourrissent de pousses d'herbes fraîches et sont, le plus souvent, sédentaires. Leur territoire est vaste, il couvre des centaines de kilomètres. Ils font route à la nuit tombée. Il leur arrive de rendre de menus services aux humains sans que ceux-ci ne s'en aperçoivent. Les humains ignorent leur existence. Les *tamago* sont très précautionneux et font bien attention à ne pas rencontrer les humains, ou alors ne se montrent-ils que rarement, et seulement aux très jeunes enfants.

Soke les observe tandis qu'ils bondissent et se suivent en groupes. Il a toujours été intrigué par ces êtres enchantés. Ikiro pourrait l'appeler qu'il ne l'entendrait pas, tout à son observation, tout à la préparation de son plan. Il se tient prêt à se jeter sur l'un d'eux. Il faut être précis ! Il est en place, plonge mollement l'une de ses pattes dans l'eau et fait semblant de s'assoupir. Il miaule, ronronne et feint la félicité. Une quinzaine de minutes plus tard, Soke, les paupières faussement closes, voit venir à lui une ribambelle de *tamago* qui l'entourent et rebondissent en émettant leurs petits couinements si caractéristiques. Il attend qu'ils soient aussi près que possible, puis, brusquement, il allonge prestement sa patte et arrive tant bien que mal à faire rouler l'un de ces petits œufs dans sa gueule ! Prenant garde de ne pas appuyer ses crocs avec trop d'insistance sur la peau du *tamago* il quitte la clairière et s'en va retrouver Ikiro.

Le jeune homme s'est endormi à l'endroit où il l'avait laissé. Là, douillettement installé à même la mousse, il sommeille bienheureux.

« Debout, Ichiro, chais capchuré pour choi un *chamago.* »

Ikiro se réveille lentement. Il se frotte les yeux et s'étire, sans comprendre rien à ce que marmonne Soke. Celui-ci finit par cracher l'œuf dans la main d'Ikiro et lui fait refermer ses doigts sur lui pour qu'il ne s'échappe pas. Par chance c'est quand ils craignent un danger que ces créatures des sous-bois font les morts.

« Je disais que j'ai capturé pour toi un *tamago*, mais ce n'est pas facile d'articuler la bouche pleine. Bon, glisse-le délicatement dans ta poche.

– Merci Soke ! »

Le *tamago* en sécurité, ils empruntent le chemin du retour. Ikiro est perclus de fatigue ; Soke, lui, est en pleine forme, cela faisait longtemps qu'il n'avait pas chassé et, à dire vrai, il s'empâtait à cause de son statut de chat domestique.

De retour

Oncle Masaki et tante Yumi sont dans leur posture inchangée, la TV tourne encore. Elle diffuse un documentaire animalier sur l'esprit du grand cerf de la forêt de Yakushima et son combat contre la déforestation.

Soke retrouve son panier, va se nourrir dans sa gamelle, il conseille à Ikiro d'aller se coucher. Comment le pourrait-il ? Qui comme lui a pu connaitre semblable nuit, rencontrer tant d'esprits et de monstres, voir Tokyo noyé de verdure ? Tout n'était que beauté et enchantement. Le jour se relèvera, il le fait inlassablement. « Et demain, que se passera-t-il ? » songe Ikiro qui voudrait veiller jusqu'à l'aube. « L'obscurité est fantastique », pense-t-il encore tandis que Masaki et Yumi, assis dans le canapé du salon, restent pétrifiés.

« Tu devrais aller dormir, ton chat a raison.

– Je voudrais encore être auprès de toi, mon aimée.

– Tu sais, vivre l'absence c'est nourrir de prochaines retrouvailles. »

Soke mange sa pâtée, il n'entend pas Midori lorsqu'elle parle avec Ikiro. Il se pourlèche les babines et boit goulument l'eau restée au fond de son écuelle. Revient alors à Ikiro une cohorte de souvenirs, de moments épars en compagnie de ses parents. Il ne peut faire autrement que subir une brève mais puissante coulée de mélancolie. Il se souvient du dernier jour, du matin avant leur disparition. Il s'était rebellé, une dispute enfantine, mineure et si futile que les adultes n'en font pas cas. Seulement le passé souvent est inséparable du regret, il vous hante, même au cours d'une nuit féérique comme celle-ci. Ikiro apprécie les Matsuura, auprès d'eux il a trouvé un appui nécessaire, un équilibre. Cela suffit-il ? Comment expliquer ce manque béant en lieu et place du cœur ? Ikiro songe à cela. Il observe Yumi et oncle Masaki, dans cette pose inattendue : le doigt en équilibre, sur le point de presser le bouton de la télécommande.

À l'étage, Fumiko est endormie, en état de stase ou dans une forme approchante. Rêve-t-elle ? Quelle est la substance du songe ? Est-il aussi éthéré que l'air ? Quel est le poids d'un souvenir ? Pourquoi la mémoire peut-elle être blessée par des évocations persistantes et plus douloureuses que toutes autres ? Soke ne dit rien, il a retrouvé la tiédeur de son coussin, il se prélasse dans son panier.

« Allez, va dormir Ikiro ! Et occupe-toi de ton *tamago.* »

Ikiro suit son conseil, et décide de rejoindre sa chambre. Un rai de lumière griffe la pénombre du couloir en diagonale. Ikiro, regarde dans sa poche, le *tamago* y est blotti, il a mangé une pastille de menthe ; le paquet qui était neuf est entamé. Il choisit de placer le petit œuf dans la boite en cèdre qui avait accueilli les fraises et qu'il a gardé. Le *tamago* l'observe, il est en sécurité. Sinon, il ne vocaliserait pas avec autant d'entrain. Il se secoue de gauche à droite tout en faisant des petits « pops » qu'il module en se calant dans la paille de polystyrène. Pour finir, Ikiro lui dit de ne pas s'enfuir et referme le couvercle.

Mon chéri, tu as vécu une nuit bien fatigante, tu dois être éreinté. Ferme les yeux mon adoré, dormir revient à nous unir.

Ikiro regagne son lit et s'endort. La nature se laisse submerger par la ville et sa modernité. La lune redevient d'une taille plus coutumière, les étoiles brillent avec moins d'extravagance. Les horloges retrouvent leur élan, la montre qu'Ikiro portait à son poignet se dégrafe et reprend sa place sur la table de chevet avant de s'immobiliser. La maison des Matsuura redescend, elle s'ancre puissamment au sol. Tout Tokyo s'anime et fourmille. Le Koï Express se change en un banal train desservant servilement les arrêts de la ligne Yamanote. Le professeur disparait dans un nuage de vapeur. Le corps de Hachiko retrouve le musée et son enveloppe spirituelle trône à nouveau sous les traits de la statue tant priée de Shibuya. Les vivants vaquent aux occupations qu'ils avaient entreprises avant la pétrification. Flore et faune sont reconquises par le béton des avenues, des rues et des ruelles. Ikiro dort pesamment. Monstres, *kami* et *yokaï* regagnent leur monde et tout reprend sa place dans l'ordre et la normalité.

Comme si de rien n'était

Ikiro est en sueur malgré la fenêtre de sa chambre qui est restée ouverte, il a dormi trop chaudement. Cuit par son sommeil, il est embrumé, se souvient vaguement d'un songe dans lequel il rendait visite à Midori, la voyait endormie, le reste n'est qu'une succession de saynètes étranges, une masse de souvenirs confus. Il ouvre les yeux, se redresse dans son lit, il en fait tomber son exemplaire de Kawabata au sol, il s'amuse à la pensée que si la typographie de son recueil se détachait, elle formerait des phrases, des mots incompréhensibles, ce serait semblable à jouer au *chô-han* ; les lettres seraient les dés que l'on secoue dans le bol en bambou. Ikiro n'est pas dans une position propice à la réflexion. Au réveil l'organisme ne permet que peu de choses, si ce n'est ouvrir les yeux, effectuer d'incessants aller-retours du rêve à la réalité. Un filet d'air caresse sa joue, frôle son cou. Il étend les bras, crispe ses poings tel un nouveau-né. Soke au bord du lit, assoupi, lève à peine sa tête, avant de se rendormir. C'est à ce moment précis que l'esprit d'Ikiro reprend pied. Il n'a jamais eu de rêve à la densité si proche du réel. Il se demande s'il a vécu ce dont il se remémore ou si ce n'était qu'illusion.

Pumpkin ne parle pas, il miaule et se rendort. La montre est sur sa table de chevet, il la saisit et l'observe longuement, elle ne fonctionne pas. Mieux éveillé, Ikiro va à son bureau, il hésite avant d'ouvrir la boite en cèdre des fraises dans laquelle il avait emprisonné le *tamago* capturé par Soke. Sa main tremble en manœuvrant le couvercle. Lentement, il le fait glisser dans sa fente. Il regarde au travers de l'interstice avant de titrer énergiquement la planche : la boite est vide ! Il plonge sa main, fouille fébrilement les pailles de polystyrène. Il va sur son lit et essaye de faire parler le chat ; pour toute réponse il se lève et quitte la chambre, fatigué sans doute du comportement de cet humain qui ne le laisse pas finir sa nuit. Ikiro n'a jamais pu interagir à l'intérieur de la gangue du rêve. Tout était si fantasque et pourtant si naturel. Alors, pourquoi Pumpkin ne s'exprime-t-il pas ? pourquoi le *tamago* a disparu ? où peut-il bien se trouver ? Tant de questions sans réponse ! Il relève le recueil de Kawabata échoué au sol et le pose sur son bureau. Il l'ouvre machinalement, lit un très court extrait au hasard. Les idéogrammes ne se sont pas mélangés, le livre est toujours écrit de manière sensée. L'existence n'est pas le royaume de la magie. « Cependant, la carpe Koï m'a emmené à Shibuya, et avant qu'elle ne me transporte, j'ai souvenir de Blossom la chatte et de Midori, si désarmante de beauté ».

Ikiro repense à elle, sa mémoire génère des images : son corps en apesanteur, son visage pâle, ses lèvres d'un rose si léger, ses cheveux ondulants dans la bulle orangée. Il se revoit la contempler comme un naturaliste. Midori endormie, Pumpkin à ses côtés, Blossom accro à son lait de rose, les paroles du professeur, le chien Hachiko qui jouait avec lui, les morts revenant à la vie, les vivants dans un état de stase, statufiés, figés dans le dernier mouvement effectué avant que le monde tourne à l'envers pour laisser place aux *yokaï* et aux *kami*. Ikiro est perdu : quoi penser, que faire ? Il regarde le cadran de sa montre, les aiguilles stoppées dans leur élan, ne quantifiant plus de durée, ne fournissant aucun indice : mutisme imperturbable du temps.

Il passe devant la chambre de Fumiko, le lit est défait, vestige du repos. Traversant le couloir Ikiro marche, puis, se souvenant qu'oncle Masaki et Yumi étaient pétrifiés devant le téléviseur du salon, il se met à courir en direction de l'escalier. Il entend en sourdine leur conversation et ralentit à mesure que leurs voix prennent plus de coffre et se précisent. Ikiro descend lentement les marches ; un enfant voulant surprendre ses parents par le silence des pas qu'ils posent sur les lames d'un plancher ancien. Fumiko rit bruyamment, rien ne semble être différent des autres jours. Ikiro entre dans la cuisine. Yumi fait cuire des épinards en prévision du repas de midi, Masaki boit son thé du bout des lèvres tout en l'éventant pour qu'il refroidisse.

« Bien dormi mon grand ?

- Oui. J'ai fait un rêve étrange.

- C'est commun qu'un rêve le soit, tu ne crois pas ?

- Tu as raison. »

Oncle Masaki déplie son journal. Ikiro mange un yaourt à la mangue ; c'est fou comme il aime ce fruit. Tante Yumi s'occupe de faire blanchir les épinards. Les délaissant, elle ouvre des coquilles Saint-Jacques, le corail est d'un orange vif. Sa couleur trouble Ikiro, il se rappelle la nuit passée. Il pense à Midori. Il est possible qu'il nourrisse pour elle un si cher amour qu'il en vient à perdre pied, à ne plus savoir ce qu'il fait. S'il a vécu cette équipée enchantée, il ne peut que se réjouir ! Il est possible qu'il finisse par être aimé de Midori. « Que peut-il y avoir de plus merveilleux ? » se dit-il alors que de la cuisine il aperçoit Pumpkin se promener en équilibre sur le muret qui enserre la maison. Fumiko lit un magazine. Masaki remet ses lunettes en place lorsqu'elles sont sur le point de glisser de son nez. Yumi fait tremper des algues *nori* pour les amollir.

Midori est tout pour lui. « Je te regarderai, tu liras dans mes yeux la sincérité la plus véritable qui soit ; à me perdre dans ton regard, je n'y rencontrerai que la tendresse la plus troublante. Je repousserai le verbe aimer jusqu'à des contrées inconnues du verbe lui-même. Je t'emporterai avec moi, dépassant l'horizon, chevauchant vents et vagues, nichant dans l'écume des zéphyrs, l'infini connaitra sa fin, le néant n'aura plus droit au chapitre. Je parlerai en ton nom, tu parleras en mon nom. J'userai jusqu'à mon âme pour découvrir comment sceller l'étreinte de mes bras, tu t'y blottiras éternellement. J'emploierai le vocable des oiseaux : celui de l'incommensurable. » Ikiro va jusqu'à se promettre de combattre Akamataa l'esprit serpent, de boire son venin pour devenir immortel. Pumpkin reste imperturbable sur son mur, s'il parlait il est probable qu'il dise à Ikiro que de telles pensées sont ridicules, qu'il se comporte comme un gosse. Seulement il ne fait que ronronner et se gratter sur la pierre, tendant sa patte pour essayer de repousser une libellule qui l'importune.

Oncle Masaki part travailler, Yumi prépare Fumiko pour l'école, elle vérifie que les sangles de son sac à dos sont bien réglées à la même longueur. Ikiro est seul dans la cuisine. Il clôt son monologue intérieur par une dernière cuillérée de yaourt. Il enfile son manteau et part à la station d'Otsuka. Un jour comme un autre : le bain public du quartier est encore fermé, il ouvrira dans quelques minutes, le vendeur du *konbini* nettoie le sol à la serpillère. Les personnes qu'il a l'habitude de croiser marchent comme si tout était normal. Ikiro les observe, ils ont des parapluies. Aux informations ils ont prédit qu'il pleuvra.

« Lorsqu'il pleut, c'est l'univers qui commue sa peine.
- J'aimerais si profondément qu'à jamais il n'y ait que rires.
- L'existence aurait-elle la même saveur ?
- Je n'en peux plus de t'adorer !
- Continue notre histoire, ne sens-tu ma main que je pose sur la tienne ? »

Les lapins d'Okonushima

C'est l'heure de pointe, les passagers s'installent dans le wagon où Ikiro a pris place. Ses yeux trainent sur le paysage qui se précipite par les fenêtres du train. C'en est fini des arbres majestueux à la ramure imposante, les collines ont disparu ; le mauvais génie de la modernité les a dégonflés, ne laissant au paysage que peu de fantaisie dans les couleurs des enseignes : autant de banderoles et de kakemonos chatoyants. Les premières gouttes tombent sur la ville. Les usagers se préparent à sortir sous l'averse. Avec précipitation ils ouvrent leurs parapluies. Ikiro observe au-dehors. Que sont devenus érables, ronces, ginkgos majestueux, prairies, marais et rivières ? Tout a été englouti par le bitume et le béton. Il s'écarte pour laisser descendre les passagers.

Une femme est assise au fond du wagon. Son bébé est contre sa poitrine, chaleureusement béni par la moiteur du turban de portage. Elle a donné rendez-vous à sa cousine pour faire les boutiques. Elle ne pouvait pas laisser son fils chez elle. Elle se sent seule dans la rame. Elle ne dort plus depuis des nuits, son mari, régulièrement d'astreinte pour la compagnie d'électricité, s'absente à n'importe quel moment, c'est elle qui se lève la nuit et tente par de doux moyens d'endormir le petit : cela ne suffit pas. À cette heure, il se réveille. Est-ce la faute aux cahots de la motrice, au lait qu'il bouda ? Il pleure, se répand en gémissements, s'époumone. On la toise dédaigneusement, on entend dans le compartiment des toux affirmées, elle se sent mal à l'aise. Elle voudrait se justifier, leur expliquer combien elle aime son enfant, combien parfois il la pousse à bout. Elle ne dit rien, ferme les yeux, éteint ses appareils auditifs, berce son fils dans le silence et le noir : une nuit nomade, un moyen de se couper du monde. Elle berce son enfant, les gestes devenant plus fluides, la main plus assurée à mesure qu'il se calme, elle ouvre à nouveau les yeux : le bambin lui sourit. Elle choisit de rallumer ses prothèses : ne demeurent que gazouillis et paix ; les usagers ne la dévisageant plus.

Dans cette quête d'espace, Tokyo contrôle et standardise le vide, orchestrant savamment les volumes, redimensionnant tout. Cubant : parking, supérettes, restaurants... Gigantisme : les constructions urbaines des grands axes sont martialement implantées, elles s'opposent à l'hétérogénéité des constructions chevauchantes des rues et ruelles. Les quartiers centraux ne sont qu'un agrégat de commerces et d'habitations comprimés à l'extrême, utilisant le moindre interstice : schéma urbain régissant les vivants et les morts jusqu'aux immeubles miroitants qui accueillent les urnes funéraires des défunts. Définitivement, Ikiro songe en posant le pied sur le quai qu'il préfère, à la mégalopole, sa jumelle fantastique.

Pour Ikiro, la ville n'avait pas à ce point été aussi laide depuis le lendemain de son arrivée chez les Matsuura. Débarquant de sa province, il fut gagné par une euphorie à la découverte de cette Tokyo inconnue. Une fois l'excitation passée, il avait eu l'impression étrange que Tokyo est une ville de passage, d'empressement. Les semelles claquant au pas millimétré du mercantilisme : allégorie de la vitesse et de l'égarement. À voir la petitesse des logements on comprend que les habitants les fuient dès qu'ils le peuvent pour trouver du réconfort en arpentant et consommant dans ce marché colossal, ou qu'ils se replient dans les lieux pieux ou jardins, comme Ikiro qui traverse le parc d'Ueno.

Pour ne pas se mettre en retard, il passe par le zoo du parc. Ceux qui n'ont jamais pris le temps d'observer le regard d'un bonobo dans une cage ne peuvent pas savoir ce que représente la liberté. C'est ce à quoi il pense alors qu'il se souvient qu'encore une fois il n'a pas pris de parapluie et que la pluie se renforce, le poussant à s'abriter sous l'auvent, à l'endroit où il avait trouvé refuge avec Yukisada à l'heure où ils se parlaient encore. Ikiro ne comprenait pas qu'une amitié si franche se transforme en une jalousie si soudaine. Yukisada l'enviait au point de lui faire remontrance sur ses fréquentations, sur

« le temps que tu perds avec Midori ». Cette phrase avait scellé définitivement le glas de leur relation. Ikiro était un jeune homme doux et diplomate, mais Yukisada n'aurait pas dû s'en prendre à elle. Il a recommencé les paris assidus : le *pachinko*, le *kyotei*. Même s'il a rechuté, Ikiro lui en veut, et ne changera pas d'avis. Un groupe de filles passe devant lui en courant, presque en faisant des petits bonds ; elles lui rappellent les lapins de l'île d'Okunoshima qu'il avait pu voir au cours d'un voyage scolaire. Les filles courent, tenant porte-documents et cartons à dessins au-dessus de leurs têtes pour se protéger.

Ikiro est en retard, mais s'il se mettait à courir, il mouillerait ses vêtements. Il décide qu'il est plus sage de rester là. Il observe le ciel, il y aura une courte éclaircie ; elle lui permettra d'attendre le prochain cours à la cafétéria et, qui sait, peut-être y croisera-t-il Midori ? À cette heure, le bar étudiant est abandonné au profit des amphithéâtres et des ateliers. Ikiro reste pour profiter du son entêtant des gouttes qui frappent en dissonance sur l'avancée en plastique du kiosque. Il regarde son poignet, il ne porte pas de montre, il s'amuse de ce détail, et de l'idiotie que représente ce geste.

Quai des brumes

Ikiro quitte son abri, il court en direction de la sortie du parc. L'éclaircie n'a pas duré, il arrive, trempé, dans l'enceinte de l'université. Ses vêtements sont plus lâches et presque collants, impression d'une douche habillé. Au travers des fenêtres, il peut apercevoir les étudiants assis dans les salles de cours, il entend du brouhaha en passant devant la porte de l'amphi Miyazaki. Il descend les escaliers pour se rendre à la cafétéria. Le patio au centre, lieu de toutes les discussions et des pauses entres amis, est rincé par la pluie. Ikiro pose son sac sur une table. Elle donne sur l'esplanade. Il va au comptoir, commande un jus de kiwi, et retourne s'asseoir. Une jeune femme relit ses cours, elle sort des chips au goût citron qu'elle porte délicatement à ses lèvres. Elle est absorbée par la relecture de ses prises de notes. Sans doute a-t-elle du mal à décrypter sa propre écriture, c'est que de temps à autres elle fait la moue en grattant son crayon à papier dans ses cheveux avant de reprendre sa lecture. Ikiro ne voit pas Midori, il est probable qu'elle suive le cours magistral qu'il a manqué ce matin.

« Et si la vie se déroulait comme dans un film ? Et si tout était plus simple que tu le crois mon amour ?

- Midori, mon corps entier est endolori à ne pas savoir où tu te trouves.

- Je suis là, ne t'inquiète pas. Et si tout n'était qu'un film, alors, que ferais-tu, Ikiro ? »

Si la vie était un film il serait Jean, le déserteur et Midori endosserait le rôle de Nelly la pupille dans *Quai des brumes*, un vieux film français qui l'avait intensément marqué. Elle lui dirait les mêmes mots, une déclaration de fête foraine. Elle commencerait à parler en premier. Sa voix serait douce, son souffle précipité.

« Vous pouvez pas savoir comme je suis bien quand je suis avec vous ! Je respire ! Je suis vivante, ça doit être comme ça quand on est heureux. »

Ikiro s'évade, il n'est plus à la cafétéria, il lui répond comme Gabin.

« Tout ce que tu dis, ça ne tient pas en l'air, tu dirais ça à un autre que moi que je trouverais ça idiot. Mais que tu me le dises comme ça, à moi, ben c'est marrant, ça me fait plaisir. T'as de beaux yeux, tu sais ? »

La scène se couperait peu après que Nelly lui demande de l'embrasser et que Jean presse ses lèvres sur les siennes. Seulement on n'est pas au cinéma. Ikiro observe rêveur par la baie de la cafétéria cette file indienne de parapluies qui protègent leurs porteurs et se disséminent dans toute la faculté en fonction des activités qui vont suivre et de l'endroit où les étudiants doivent se rendre. Non, décidément, Midori ne viendra pas le rejoindre. Ikiro finit sa cannette au kiwi et la jette dans une poubelle, souhaite une bonne journée à la jeune fille aux notes indéchiffrables et quitte le bar étudiant.

Photographie

Il va au club photographie, peut-être s'y trouve-t-elle ? Elle s'y rend régulièrement et prend très au sérieux cette passion. Elle a même un vrai talent pour cette discipline. Ikiro s'est demandé à plusieurs reprises pourquoi elle refusait d'exposer son travail et préférait se restreindre à des photos le plus souvent journalistiques. Il aime la photo de ses vacances qu'elle lui avait montrée : montagne et champs fleuris, un paysage ressemblant à s'y méprendre aux alpages suisses ou autrichiens. Une digitale floutée et, plus loin, un horizon d'encre bleue, d'une teinte si claire que le soleil devait être flamboyant, une photo prise au débotté. Une fleur, quelques perles irisées de rosée sous le soleil. Cliché éphémère d'une matinée dans la montagne au printemps. Au souvenir de cette photographie, il ne peut que s'émouvoir tant Midori transparait à travers elle.

Ne la voyant pas, il questionne ses camarades de l'association. Rei, l'une de ses amies, lui apprend qu'elle n'est pas venue en cours aujourd'hui. Ikiro discute, boit un café avec eux. Et, sans qu'ils comprennent ce qui lui arrive, il finit son gobelet à s'en bruler le palais et s'enfuit précipitamment. « Midori, Midori est dehors ! ». Il la voit au loin, court après elle, il voudrait crier pour qu'elle s'arrête, mais, le souffle coupé, n'y arrive pas. Il prend à droite par l'allée qui dessert les ateliers de métallurgie. Midori, entre dans le gymnase adjacent. Il arrive hors d'haleine, ouvre violemment la porte métallique : elle a disparu ! Il comprend qu'elle doit être en train de se changer et patiente sur un banc, espérant pouvoir lui parler. Dix minutes plus tard, elle sort du vestiaire, il la saisit par le bras, elle se retourne étonnée. Ce n'est pas elle !

Désespéré, il quitte le gymnase. Tête basse, il se remet à courir pour oublier cette déconvenue, pour épuiser son corps, souhaitant par là même dissoudre la peine qui monte, fait naître à la commissure de ses yeux des larmes qui se mêlent à la pluie. Il passe le portail de l'université, il double le kiosque où il s'était réfugié, accélère devant la cage des bonobos, traverse le parc, il s'arrête à bout de souffle, il a un point de côté qui le fait souffrir, il reprend sa course jusqu'à la station d'Ueno. Il monte à bord du train, déçu, s'assoit et reste immobile observant les rails, ce ruban de métal infini dévoré par la motrice, recraché par le wagon de queue. Il se mure dans le silence, ses vêtements sont plaqués sur sa peau, il a froid, ses jambes tremblent. Il supporte mal cette sensation. Lorsqu'il arrive sur le quai de la gare du quartier d'Otsuka, il pleut toujours. Il sort, marche, l'esprit dévoré par la tristesse, le cœur lourd, l'âme malmenée par les sentiments puissants qu'il éprouve pour Midori.

Il arrive chez les Matsuura, il se déchausse et monte sans s'annoncer à l'étage. Porte fermée, il s'effondre sur son lit. Yumi, surprise par son comportement, demande à Ikiro si tout va bien ; sans réponse, elle missionne oncle Masaki d'aller aux nouvelles. Il redescend en haussant les épaules : « Il est amoureux, voilà tout ».

Ikiro, la tête sous son oreiller, pleure à chaudes larmes. Il va au bureau, se sèche les yeux, prend la boîte de cèdre, il la fouille à nouveau, la secoue et, pour finir, s'effondre sur sa chaise. Il sent poindre la colère. Elle grossit, enfle. Il repose sur la table la caissette des fraises et balaie d'un coup violent une partie de son espace de travail. Kawabata chute dans la corbeille à papier, le livre entrouvert tient en équilibre instable. Ikiro voudrait que *La danseuse d'Izu* tombe et que le texte soit irrémédiablement ravagé.

Sommeil

Ikiro s'effondre de sommeil, saoul de colère et de peine, dans un état de détresse intérieure extrême. La nuit s'éprend de la ville et du monde. Les esprits quittent leurs arbres majestueux, leurs forêts centenaires, émergent des sources. Ils délaissent leur diurne logis là où les humains les prient, là où ils peuvent jouir d'un silence intense. Tokyo redevient sauvage, elle est parcourue de lianes, les érables rouge feu sortent du sol, les marécages la noient, les animaux s'agitent en tous sens, flore et faune ne forment qu'un tout : la capitale revient à son état originel. Le temps ne s'écoule plus, l'univers est arrêté. Les enfants et leurs parents sont à nouveau pétrifiés, leurs corps plongés dans une si profonde torpeur qu'ils ne se rendent compte de rien et qu'ils se souviendront pas de cet épisode. Ikiro est endormi, juste cela, il est allongé tout habillé sur son lit ; malgré l'inconfort et le froid il n'a pas quitté ses habits pour revêtir des vêtements chauds.

La fenêtre de sa chambre claque au vent et le réveille. Kawabata est toujours dans la corbeille à papier, il le tire de la poubelle et le repose sur son bureau. Soke entre théâtralement par la fenêtre entrebâillée.

« On ne parle pas pendant la journée. C'est une des nombreuses règles qui régissent l'existence des chats. Que se passerait-il si les humains savaient que nous possédons ce don ? Ils nous questionneraient tout le temps et nous serions contraints de leur répondre ! Non, on ne converse pas le jour, et la nuit nous ne le faisons qu'avec certains. »

Ikiro se frotte les yeux, Soke est là, sur le bureau, se léchant les poils de son poitrail.

« Soke, tu parles. Mais alors... je n'ai pas rêvé toutes ces choses qui me semblent si réelles. Je ne suis pas fou !

– Premièrement, Ikiro, ce que vous nommez les fous, ce sont pour nous des sages et non, tu n'as pas rêvé.

– Mais j'ai perdu le *tamago*, j'ai eu beau fouiller la boîte dans laquelle je l'avais déposé, il n'y est plus !

– Tu retrouveras l'œuf, ils disparaissent la journée et reviennent la nuit. Allez, ne t'inquiète pas, il reviendra aussi surement que je me nomme "maître de l'univers". »

Ikiro et Soke attendent ensemble. Le chat lui enseigne le peu qu'il sait des *tamago*. Il lui confie qu'ils ont la particularité de savoir ce que la personne qui les a recueillis souhaite intimement. Le *tamago* l'aidera pour Midori. Ikiro s'imagine déjà avec elle. Soke et lui discourent en attendant que l'œuf réapparaisse. Le chat sermonne Ikiro pour son accès de colère et lui fait promettre qu'il ne s'énervera plus. Ikiro parle sans discontinuer de Midori, de leur rencontre prochaine, de tout l'amour qu'il lui porte. Soke l'écoute, couché sur le futon, il roule sur lui-même lorsqu'il narre son combat avec une libellule. Il l'avait longuement observée ce matin, il était resté de très longues minutes à contempler les rais de lumières qui se réverbéraient dans ses délicates ailes et sur son corps longiligne et moiré. Ce fut un choix douloureux, se laisser aller à ses instincts bassement naturels ou, subjugué par sa beauté, la laisser voleter sans lui faire de mal. Il avait fait le choix du chasseur. Il ajoute que ce n'est pas dans ses habitudes de les croquer. Qu'elles sont amères et la mâche en est désagréable. Il continue son récit : « Les souris ne sont pas un mets délectable, contrairement à ce que croient la plupart des gens. Et je préfère la chair de l'anguille, ou rogner le cartilage d'un beau morceau de raie. » Il prolonge cet avis gastronomique en affirmant qu'il est plus malin que le poissonnier au bout de la rue, mais que son apprenti est vif et qu'il n'est pas de ces chats voleurs dans l'âme, sans éducation et sans manières. Il préfère au frisson du vol à l'étalage les restes des repas des Matsuura.

« C'est que je n'ai plus que sept vies. Je dois faire attention. »

Tamago et Ikiro

Minuit : le *tamago* n'est toujours pas revenu. Soudainement, un œil, deux yeux, le corps émeraude de l’œuf apparaît avant de disparaître à nouveau, émettant des petits « pops » avant qu’il ne se taise et redevienne invisible. Ikiro ne sait pas où il se trouve, il le cherche. Soke lui fait remarquer qu’ils aiment les coins sombres. Ikiro pose à la va-vite un T-shirt sur sa lampe. Il tamise la lumière de sa chambre. L’œuf n’émet plus de son et reste introuvable. Il fouille dans ses tiroirs, dans la table de nuit, dans sa penderie, dans le placard de son futon : il n’est pas là.

Ikiro plonge la main au hasard sous son lit, le *tamago* s’est blotti sous le sommier et n’a aucune envie d’être à découvert. Ikiro se souvient qu’il avait commencé à manger son rouleau de bonbons. Il tire le reste de la poche de son pantalon. Il s’agenouille au sol et tente d’amadouer le *tamago* en déposant à plusieurs endroits des pastilles de menthe. On entend à nouveau les petits « pops » de satisfaction de l’œuf couleur d’opale. Il engloutit les sucreries et roule en direction de la main d’Ikiro jusqu’à sortir du lit et avaler la dernière friandise dans sa paume. Il s’y cale et le regarde. Il produit une sorte de ronronnement de bien-être. Le *tamago* ronflote et saute au visage d’Ikiro qui tombe à la renverse.

« Tu es un petit coquin, toi, viens donc là que je te regarde de plus près. C’est toi mon bonhomme qui vas exaucer mon souhait ? »

Soke dit à Ikiro que cela ne sert à rien de lui parler, il est probable qu’il ne le comprenne pas.

« Mais si mon grand, hein, tu me comprends ? J’ai raison ? Comment faire pour rejoindre Midori, petit *tamago* ? »

Soke lui explique qu'il faut qu'il danse pour qu'il puisse réaliser le souhait de son maître. Le *tamago* roule dans la paume des mains d'Ikiro. Le jeune homme le dépose doucement sur le bureau avant que l'étrange créature ne tourne sur elle-même de plus en plus vite à la manière d'une toupie folle. Une ouverture au travers du temps et de l'espace apparaît.

*

J'aperçois Midori endormie, je reconnais les meubles, la moquette verte, les posters aux murs : sa chambre. Il y a Blossom pelotonnée à ses pieds. Je m'apprête à traverser le passage temporel mais il se referme déjà. J'ai l'impression que ce n'est pas moi qui observe la scène, mais une autre partie de moi comme restée profondément enfouie dans les abysses de ma conscience, un moi qui naît aujourd'hui et qui s'évanouit alors que le vortex se referme.

*

Le *tamago* arrête de tourner. Ikiro reste possédé par la brève vision de Midori. Il ne comprend pas pourquoi le cercle s'est refermé si précipitamment. Soke se couche sur le tapis de la chambre.

« Parfois la magie perdure. D'autres fois, elle ne tient que le temps d'un soupir. »

Le *tamago* saute dans la boite en cèdre des fraises, ressort la pastille de menthe de sa gueule et la croque tranquillement. Grace à cette créature, Ikiro peut entrer en communication avec cet univers parallèle dans lequel Midori et lui peuvent se retrouver. Le jeune homme demeure troublé par cette sensation étrange : une partie de lui s'était dissociée pendant un instant. Comme si un alter ego prenait vie. Ikiro tend son doigt pour caresser le *tamago*. Celui-ci suçote son index avant de le mordiller puis de le mordre. Ikiro retire vivement sa main, une goutte de sang coule le long de son doigt, une gouttelette qui tombe dans la gueule du petit œuf. Soke, observe la scène : Ikiro blessé légèrement, le *tamago* se secouant pour être mieux à son aise dans la boîte en cèdre.

Vortex

Les nuits suivantes, minuit venu, Ikiro attend que le *tamago* se mette à danser. S'ouvre une fenêtre sur une autre dimension, il peut voir au travers, sans pouvoir y pénétrer : il suit la vie de Midori à distance. Il est trop épris d'elle pour concevoir que l'observer s'apparente à l'épier et que c'est même malsain. Ikiro la voit manger, se promener avec Rei et ses autres amis, rire au téléphone, arroser ses plantes.

Ikiro ne se croit pas indiscret, il se rassure qu'elle se porte bien. Midori est comme une drogue, il assouvit sa dépendance en l'observant comme on le fait lorsque l'on regarde la télévision : c'est un programme qui le ravit. Il se satisfait de ne pas la voir avec un autre garçon et de la savoir en sécurité. Rassuré, il peut vaquer à ses autres occupations.

Un jour, le *tamago* lui montre une triste scène. Il voit Midori et ce qu'il pense être sa famille dans un crématorium. Il assiste à ce moment intime où les proches du défunt se passent, de baguettes en baguettes, un à un, les restes des os du disparu avant de les placer dans l'urne funéraire qui l'accueillera. Midori ne pleure pas, son visage est respectueux, impassible, on ne peut pas y lire un regret particulier, ni de la peine ; il existe une tristesse intérieure et sourde qui ne transparaît pas. Ikiro observe cette salle dépouillée, les cendres et ossements disposés sur une table métallique recouverte d'une soie blanche. À regarder cette scène, il ressent pour la première fois de la gêne. Il s'excuse à voix basse. Midori entend-elle ce que lui susurre Ikiro ? Lorsqu'il se tait, elle porte son index à son oreille et met délicatement de l'ordre dans sa chevelure. Il ne demande pas les autres nuits à son œuf de la revoir, il reconnaît qu'il a été irrespectueux.

« J'enterrais mon oncle, tu ne pouvais pas le savoir voilà tout.

– Je ne voulais pas te voler cet instant, je m'en veux terriblement.

– Tu sais, je ne pouvais pas te voir et cependant j'ai ressenti ta présence. J'ai été réconfortée par une brise légère, un souffle timide et chaleureux. »

Ikiro se comporte naturellement, ne laissant rien imaginer de ses illusions nocturnes. Après la nuit malaisante des funérailles de l'oncle de Midori, il arrêta ses habitudes pendant un mois après le dernier jour des obsèques. Tout était redevenu comme auparavant. Il l'observe le soir, la découvrant à mesure que les jours passent. Il s'interdit de la voir nue, ou qu'elle se déshabille devant lui, son amour est chaste, ses sentiments purs : sans érotisation. Il apprécie lorsqu'elle lit pendant de longues heures, Blossom couchée sur sa poitrine, quand elle regarde par la fenêtre observant le taffetas de la nuit. Ikiro a ce privilège, celui que lui a conféré le vœu commun de ses parents. Il vit à la frontière de deux mondes : celui des hommes et celui des dieux.

Darvasa

Le *tamago* tourne sur lui-même plus vite qu'à l'accoutumé, il semble agrandir le vortex de sorte qu'Ikiro puisse le traverser.

« Il » redevient « Je », Ikiro délaisse une partie de lui, la partie la plus pesante de son esprit. « Il » se transmue en « Je », de la troisième personne ; cette création qui englobe les constituants du soi. Le « Je » de cette musique intérieure que nous tous connaissons, le « Je » de la voix qui se forme au creux de notre secrète intimité. « Je » fait place à ce « il » plus global, engluant, encombrant. « Je » désormais devient le pronom plus que personnel ; sans artifice, nu, dégagé de la coque du « il ». « Je » s'ébroue tandis que la troisième personne lentement s'évanouit laissant Ikiro avec la part la plus précieuse et la plus élevée de lui-même. Ne demeure qu'un « il » insignifiant oublié à la marge du présent.

*

Cette chambre m'est étrangère et il n'y a pas Midori. Le lit n'a pas été défait, ou il fut refait il y a peu. Les oreillers ne gardent pas le signe d'une nuit blottie sur eux. Les draps sentent le propre, la bordure de celui du dessus parfaitement perpendiculaire aux bords du sommier. De chaque côté de la tête de lit, deux liseuses éclairent faiblement la pièce. Je me demande où je me trouve, regardant au-dehors j'aperçois les illuminations de ce qui semble être une ville avec ses constructions étranges, clinquantes, au marbre luisant sous la lune. Je referme les rideaux, je me rends dans la salle de bain, la céramique noire brille ; sa couleur onyx chatoie sous la lumière du plafonnier. Des toilettes, une cabine de douche : pas de particularité qui me permettrait de savoir où je suis. J'entrouvre la porte de la chambre, elle donne sur un interminable couloir au papier peint crème illuminé d'appliques au long des murs qui ne connaissent pas de fin avec son tapis dans les tons rouge et ces portes blanches au bois laqué sans salissure : décoration standardisée d'un hôtel quelque part. Je referme la porte, quitte ce couloir silencieux, et retourne dans la chambre.

Je n'ose me coucher sur le lit. Je choisis de m'asseoir sur une chaise et d'attendre. À un moment, j'entends derrière la cloison un couple converser. Ce sont peut-être des touristes chinois ? J'ai l'impression de reconnaître certains mots. Je me rends aux W.C., j'en ressors, j'ouvre à nouveau les rideaux et observe les monuments plantés dix étages plus bas. Les avenues larges et désertes. Le vide ressenti à observer par la fenêtre me pousse à reconsidérer la situation : je suis seul, en un lieu inconnu. La nuit entière je guette, imaginant une clef qui se glisse dans la serrure, fantasmant une coupe verticale, la clef pénétrante, les goupilles épousant le mécanisme du cylindre. Je regarde pendant longtemps ce lit parfaitement immobile, sans trace, époustouflant de rectitude, à la géométrie désarmante, aux lignes impeccables. Tout est dressé avec minutie au point que si je déplaçais le stylo ou le carnet qui se trouvent sur la tablette, ce mouvement sauvage décomposerait l'équilibre insurpassable de la pièce. Je reste, immobile, comme le lit que je contemple en t'attendant, en t'espérant ; joutant avec un corps qui souhaiterait si chèrement s'effondrer de sommeil et l'esprit qui voudrait faire mentir ma fatigue. Je me lève, je tourne en rond, marche de long en large, finis par retourner me rassoir. La voix du muezzin me réveille et appelle à la prière. Tu n'es pas revenue, et, à mesure que j'existe dans cet univers parallèle, j'ai des réflexes, des compétences qui me sont propres. Il est possible que mon esprit s'accorde avec l'endroit où il apparaît. Naissent en moi les aptitudes nécessaires, l'impression étrange qu'intimement je sais comment évoluer ici. C'est ça, nous sommes au cœur de l'automne, la baie vitrée donne sur la grande mosquée et Achgabat la capitale du Turkménistan s'éveille alors que je sors de ma chambre d'hôtel et que j'emprunte le couloir de l'étage.

Je descends dans le hall. Au restaurant, j'avale un mug de thé, quelques fruits. Je passe au comptoir, je veux payer pour la chambre : tu l'as fait pour nous. J'émerge du palace, le voiturier me tend les clefs de mon 4x4. Dans la vie réelle je n'ai pas passé mon permis, ici, je sais conduire, j'en suis très étonné et démarre en direction du sud. L'architecture civile est peu commune, elle pourrait faire penser aux édifices et monuments que l'on pouvait bâtir à l'époque soviétique. Le pays n'a quitté le bloc que depuis quelques dizaines d'années. Je ne croise que des voitures blanches, de rares bus immaculés et des camions briqués. Tout est uniformisé. À certains carrefours des policiers font la circulation. Les trottoirs sont astiqués par une armée de misère qui balaie le sol avec minutie et rigueur. Rapidement je quitte la capitale, et roule sur la route qui mène à Darvasa ; tu es là-bas, au cœur du désert noir.

Le bitume se détériore à mesure où je laisse la civilisation pour me fondre dans le Karakoum. Si tout à l'heure le goudron était lisse, il se crève de nids de poules avant d'être grêlé de trous puis de devenir une piste cahoteuse. Le paysage est désertique, à peine croise-t-on des dromadaires ou des troupeaux de chèvres sauvages qui paissent le peu de feuillage qui croît sur les bas-côtés. J'ai un certain plaisir à conduire, une joie à peine gâchée par la température de four que je supporte. Je roule à un bon rythme, attentif à ne pas m'ensevelir dans le sable ou à ne pas casser un essieu. J'ai l'impression qu'ici rares sont les étrangers qui traversent le désert. C'est ce à quoi je songe en manœuvrant prudemment.

Deux heures plus tard, l'air à l'intérieur de l'habitacle est irrespirable, je bois à ma gourde raisonnablement, avec régularité. Je continue à conduire, ébloui par le soleil, embrasé. Ce désert ne peut que me faire éprouver un respect et une humilité sincères. Le moteur chauffe anormalement malgré les conséquentes sorties d'aération du véhicule. Je m'arrête : il n'y a pas âme qui vive. Je saisis l'attache brûlante du capot, je me brûle, cette blessure me fait me sentir vivant. Je prends un tissu que je noue autour de ma main et le soulève à nouveau. Étonnamment, j'ai une grande connaissance en mécanique. Je dévisse le bouchon du radiateur, je vais à l'arrière du 4x4, fouille à la recherche d'un jerricane. Il est vide. Que se passerait-il si je vidais le reste de ma gourde dans le radiateur et ensuite abandonnais le véhicule pour m'enfoncer dans les bras du Karakoum ? Je préfère garder le peu d'eau qu'il me reste. Je referme le bouchon du radiateur, claque le capot, attends quelques longues minutes avant de remettre le contact. Désormais le Land Rover peut flancher à n'importe quel moment, il est solide mais avec cette avarie, je crains que le moteur ne me lâche. Je reprends la piste péniblement. C'est bien ce je craignais, la température a eu raison de mon tout terrain. Je me résigne à le quitter alors que le feu du soleil brille avec brutalité, sans égard.

Consciencieusement je fais le tour de mes affaires, j'emporte un sac à dos, ma gourde, un couteau et m'enfonce dans le désert. Il doit me rester un jour de marche pour arriver aux portes de Darvasa. La chaleur est accablante, chaque geste est choisi, chaque pas est un effort dans cette fournaise qui deviendra glaciale sous peu, une fois que la nuit se sera répandue sur les étendues presque sans vie du désert noir. Il ne faut pas perdre de temps, ou au contraire il faut mesurer ses pas : marcher dans le désert c'est courir dans les vagues qui lèchent la plage. Plus je chemine, plus je m'essouffle, à croire que la terre battue, le sable, la répétition de mes pas sont régis par une pesanteur plus dense. Je continue en songeant à toi, ma belle Midori. Je sais où tu te trouves. Demain nous serons réunis : enfin !

Il faut que je trouve un endroit où bivouaquer avant que du soir nous passions aux ténèbres. Loin de tout village, ville, ou construction humaine, le ciel ne peut être que sublimé, dépouillé, noble. J'étends au sol une couverture qui se trouvait dans le tout terrain. Je mâchonne quelques dattes que j'avais dans l'une des poches de mon sac à dos. J'essaye de me reposer. Je pense à toi. Trois heures du matin, je me lève, endolori, groggy par la fatigue de la nuit passée et celle peu confortable que je viens de vivre. Je replie le peu d'affaires que je possède et repars cap au sud. J'aurais cru qu'à suivre la piste pour ne pas me perdre j'aurais croisé d'autres véhicules et tenté de faire l'auto-stop : il n'en est rien.

Je dois me presser, je préfère la froideur de l'aurore qui va descendre sur le Karakoum. Il doit me rester une dizaine d'heures avant d'atteindre le prochain village. À t'imaginer, je ne peux que me nourrir de mon optimisme inébranlable.

Je continue mon interminable marche, parfois au loin je distingue un chameau. Il erre seul, dans ce paysage si répétitif qu'il parait défiler au ralenti à mesure où je pénètre plus définitivement dans les dunes et les passages pierreux. Il doit me rester quelques dattes, je les coupe du bout de mon ongle en petits morceaux que je range avec précaution dans un sac plastique. Je me remets en route, inlassable. Chaque mouvement diminue toute la force qui m'anime. Mon corps ne répond que parce que je le contrains. Sous cette touffeur je me dois de continuer. Je me mobilise pour l'action de marcher, je ne fixe pas l'horizon, c'est si désespérant de considérer l'infini que je choisis de poser mon regard devant moi. Chaque pas est une distance infime et éprouvante, conquise sur le désert noir. Lorsque je sens la fatigue poindre, je m'arrête quelques minutes, je tire de mon sac plastique un morceau de datte que je mastique avec application pour en tirer l'énergie nécessaire à mon équipée. Au ciel, peu après midi j'ai aperçu un faucon et, plus haut, un avion de ligne.

Des heures durant, loin de tout, j'ai progressé en suivant la piste, essayant de ne pas m'en écarter. Je sais que tu m'attends, je me presserai bien ; il faut que je taise cette pensée qui m'obsède : te retrouver au plus vite. J'ai vu au loin un serpent il se déplaçait en traçant des ondulations dans le sable. Je suis dans la patrie de la lenteur, il ne règne qu'un assourdissant silence, entrecoupé d'un murmure minuscule, celui du vent qui chamaille les épineux dont les chèvres se régalaient hier. J'ai trouvé un rocher plus gros que les autres, je me suis écarté pour un temps de la piste pour profiter de la clémence de l'ombre ténue qu'il projette au sol. J'ai bu à ma gourde, chaque goutte est un nectar, du miel de jujubier le plus pur : je prends soin de me rationner. J'ai gardé le noyau de mes dattes, j'en mets un en bouche et le suce avec délectation, le sucre a une saveur décuplée ; je le fais tourner avec ma langue et il glisse sur elle.

Je chancelle, mes gestes sont imprécis, l'horizon danse, vaporeusement trompeur sous le soleil qui flambe. Mon noyau de datte n'a plus de goût, je le crache. Si je tiens cette allure et que je ne me déshydrate pas, je devrais arriver en soirée. Que dire si ce n'est que le désert vous pousse dans vos retranchements ? Ce n'est pas un lieu de mort, la vie y est transcendée par l'exception : un insecte, un cobra, un chameau. C'est juste que ce n'est pas un endroit pour les humains. Les habitants du Karakoum aiment si infiniment son aridité ; peut-être n'ont-ils connu que cela ? J'y vois l'amour que portent les alpinistes pour leurs montagnes et leurs cimes à gravir. Le cheminement vertical face à celui horizontal, la froideur extrême face à la température brulante qui annihile toute puissance, ne ménageant pas les dangers. Je songe au manga que je lisais lors de la nuit précédant Hanami, *Le sommet des Dieux*. Ma traversée du Karakoum : « Le reg des démons ».

« Tu y arriveras mon amour. Regarde, je suis là, je sais que tu souffres mais je sais aussi que tu me rejoindras.

– Je n'ai pas de mots pour qualifier combien je serai ravi de te retrouver.

– Ne t'inquiète pas, je suis là-bas, dans un ailleurs que toi seul tu connais. »

J'entends distinctement la voix de Midori, ce souffle de mots et de tendresse, elle m'attend, comme moi qui l'ai attendue tout au long de mon existence. Elle m'aime et je l'aime à en user le sens de ce mot.

« C'est poétique mon amour.
– La poésie s'arrête là où la réalité reprend pied.
– Mais elle confine au sublime.
– À quoi bon t'aimer si je meurs un jour prochain ?
– À quoi bon vivre, sans la mort ? C'est elle qui confère à la vie son inégalable beauté. »

Je meuble l'effort que représente marcher par toutes les saynètes des jours passés. C'est une manière de renouer avec la raison de ma présence ici. Toi, il n'y a que toi ! Au téléphone, portant le combiné à ton oreille. Toi et tes amis dans la rue Ameyoko dégustant une brochette de melon et buvant une canette d'eau à la framboise. Je te revois chanter pour tes plantes cette comptine enfantine, « *sakura, sakura* », sur la pousse et le refleurissement des cerisiers. Il est même probable que les plantes de ton jardin aiment quand tu fredonnes pour elles cette chanson.

Je marche, la nuit n'est pas près de naufrager la lumière. Ma gourde est vide, j'ai peut-être trop bu ? Il me reste un dernier noyau de datte. Je me résous à le sucer. Sa saveur inégalable est une diversion pour mon corps meurtri. Mes jambes tremblent, je suis exténué, je m'arrêterais bien sous cet arbuste. Fermer les yeux et rêver à toi alors que le corps éprouve mes limites. Je ferme les yeux, je tente intérieurement de me réorganiser. Mourir ici serait déserter, sans comprendre cette pensée me réconforte et me pousse à me relever, à marcher, toujours en direction du sud. Le souffle haletant, je ne quitte pas la piste des yeux. Le soleil est de plomb. Je me force à allonger le pas, le rythme que j'essaie de garder est irrégulier. Je me presse quand le vent se retire ; une bourrasque plus chaude et sèche me fait ralentir. Ainsi, je chemine tout l'après-midi, l'esprit tourné vers toi, le corps n'obéissant que pour me permettre de vivre nos retrouvailles. Le cerveau est démobilisé par l'infinie répétition d'un pas précédant un autre, et le cheminement devient désaccordé. J'ai beau me concentrer sur les mouvements qui régissent mon avancée, la progression est lente et à mesure que le jour décline, elle me devient insupportable.

L'après-midi fut long, elle me sembla durer plus que ne dure l'éternité, bien que je suive la piste, j'étais perdu, recroquevillé en moi, embastillé en mon être. J'ai dû faire preuve de trésors d'ingéniosité pour trouver la force de continuer. Lorsque le soir tomba, je réussis à rejoindre le village de Davarsa. Je me jetai sur l'eau que je me procurai. Je ne comprenais rien au turkmène ; la sonorité des phrases des habitants et les cris des enfants qui jouaient me furent si doux à entendre que j'en oubliais presque ce que le désert m'avait fait subir. Je restai au village, le temps de la politesse, d'un court repos et le quittai dans la nuit pour partir au cratère. « C'est là que je dois me rendre », songeai-je. Agréablement, cette pause à Darvasa me revigora. Je ne voulais pas me présenter à toi épuisé et battu de douleurs. Je souhaitais que notre rencontre en cet univers soit parfaite ; à l'image de ces instants de vie si précieux qui à jamais s'impriment en nous.

L'air est plus éthéré qu'à l'accoutumée, dans la fraicheur de la nuit je prolonge mes pas, environné d'étoiles, elles fleurissent au-dessus de moi. La lune est pleine, il n'y a pas un nuage dans le ciel. Je t'aperçois au loin, je ne précipite pas vers toi, je pose mon sac à dos au sol, et je m'approche lentement. Tu es songeuse devant les fumeroles de gaz et les flammes qui lèchent les pierres de la porte des enfers. Ce lieu n'a rien de naturel. Il avait été choisi pour la prospection gazière, le camp des scientifiques s'était écroulé. On pensa un temps qu'il suffirait de mettre le feu à cette fosse pour que les vapeurs se consument. Il brûla une semaine, deux, trois, quelques mois, pour quarante ans plus tard, aujourd'hui, se consumer encore.

Tu es là, observant le feu, qui s'échappe des profondeurs de la terre vingt mètres plus bas. C'est observer un foyer s'embraser au cœur de nulle part. Je viens à toi. Tu dois reconnaître le bruit de mes pas, distinguer mon souffle, sentir ma présence. Mon amour, c'est bel est bien toi qui fixes toujours cette étrangeté incendiaire. J'avance, je ne prononce pas le moindre mot ; enveloppé par la nuit qui confère au désert sa majesté et sa grandeur. Ma main frôle la tienne, mes doigts sont malhabiles, ils s'entrecroisent avec les tiens. Je vis tout un aréopage de stimuli, mon cœur bat plus vite, ma paume est moîte, ma gorge sèche. Tu restes là, posant la tête sur mon épaule, resserrant l'emprise de ta main sur la mienne. Nous sommes tous deux ahuris devant un si grandiose amour. Le monde tourne, un carrousel d'émotions qui s'élance et vrille sur lui-même à nous en étourdir. Je sens ton cœur à présent battre la chamade, le poids de ta tête contre mon épaule : un papillon se posant avec délicatesse sur la corolle d'une fleur. Souvenir de la photographie que tu avais prise en montagne. Je n'ose pas parler, bouger, je retiens ma respiration profitant pleinement de ce contact, et du brasier qui flamboie pour nous seuls. J'ose te regarder un moment, si près de toi je ne peux qu'avoir la vue la plus précise et parfaite. Tes cheveux en cascades coulent le long de ton dos, tes oreilles sont deux petits coquillages amis, ton nez est droit, un peu retroussé, tes yeux sont clos, ton teint est de lait, tes joues s'empourprent maintenant que je serre mes bras autour de ta taille. C'est comme si je ressentais la plus infime variation de ton corps, le moindre battement : tout effet miniature de notre étreinte me bouleverse de bonheur. Je vais rester dans cette position, à contempler le rougeoiement de la porte des enfers.

Le vortex s'ouvre sous mes pieds ! Je glisse inévitablement, j'étais sur le point de déposer sur tes lèvres un baiser et voici que je me fais happer ; ma main lâche la tienne par réflexe, je suis attiré par le passage et je chute inexorablement. Je quitte Darvasa, je te laisse ; je t'observe tout en me débattant et ne pouvant rien à ce qui m'arrive. Tandis que la porte des enfers disparaît progressivement, la partie de moi qui m'apparaissait la plus intime et la plus vraisemblable redevient un « il » impersonnel, cet « il » de la réalité du monde dans lequel nous ne sommes pas unis, cet « il » aussi encombrant qu'inutile, la pluralité de la forme qui me représente. Mes pieds battent dans le vide, je ne peux résister : plus de Karakoum, de Darvasa, ou toi ! Je chois du ciel !

Shibuya-gawa

Le vortex le rejette au-dessus de la rivière Shibuya Gawa près du pont Inari, aux environs de l'endroit où l'on retrouva le corps sans vie de Hachiko le chien fidèle. Ikiro plonge vertigineusement dans la rivière. Corps endolori par sa rentrée dans l'eau, il rejoint la rive à la nage, Sur la berge, exténué, il enlève ses vêtements et les essore comme il peut. Il songe à Midori, il était auprès d'elle. La magie fait cas de son amour, la réalité les sépare. Il se demande comment tout cela est possible. Il s'assied au bord du talus et pleure. « Midori c'était bien elle, et elle ne me repoussa pas. »

« Parce que je t'aime, Ikiro.

– Midori, je voudrais tant revenir auprès de toi !

– Cela se fera une autre fois. Le désir est un sentiment qui naît de l'immédiateté, nous aimer trouve son essence dans l'infini. Ikiro. Si je pouvais rester auprès de toi je sécherais tes larmes mais je ne le peux, je reviendrais, n'aie pas d'inquiétude.

– Ne me quitte pas Midori !

– Pourtant il le faut, mon amour. »

Ikiro reste à observer l'eau. De temps à autre, de rage, il lance une pierre dans la rivière ; elle trouble la surface avant de couler, produisant une fugace écume à l'endroit de l'impact. Ikiro est seul, Tokyo n'est pas reprise par la nature, il entend au loin le brouhaha des chalands qui interpellent des touristes, tout comme il observe les lumières de la capitale. Tokyo cette nuit est libérée de l'entrave végétale qui l'avait entièrement recouverte. Il défroisse ses vêtements humides et monte dans le train de la ligne Yamanote. Il a vu un homme ivre entouré d'agents de sécurité et de nettoyage ; ils ont attendu qu'il se reprenne avant de le conduire à la bouche de métro la plus proche. Ikiro est seul dans ce wagon qui dépasse Shibuya. Par les fenêtres, trop de lumières et d'enseignes le poussent à poser ses yeux sur le plan de la ligne ferroviaire. À cette heure, le wagon est vidé de tous les travailleurs. Les habitants de la capitale sont des carpes élevées dans des bassins de bétons. Enfant, Ikiro se rendait souvent à une pisciculture près de chez ses parents, il contemplait le fouillis des poissons qui nageaient en tous sens, et qui frétillaient fébrilement par manque d'espace.

Il ne sait que faire, il a connu le bonheur de la tête de Midori lovée contre son épaule, il a traversé le désert noir pour la rejoindre à des milliers de kilomètres du Japon. Comment pourrait-il la revoir, l'attend-elle toujours devant le brasier de la porte des enfers ? Comment faire en sorte que le *tamago* garde plus longtemps ouverte la brèche lui permettant de quitter ce monde ? Il y a de l'égoïsme dans le comportement d'Ikiro qui choisit d'aimer Midori, de ne pas la laisser éprouver des sentiments pour un autre. Doit-il vivre son bonheur ici, où doit-il le chercher dans ces univers crées pour lui par son petit œuf? La réponse la plus sensée serait de tirer un trait sur cette relation. Mais Ikiro n'est absolument pas prêt à se comporter autrement. Il l'aime à la folie, par-delà tout.

Ikiro reprend le chemin du quartier Otsuka. À Shibuya il n'y a rien de surnaturel : pas de professeur, pas de Hachiko. Seule, la foule des jours ordinaires se répand dans les rues, employés de bureau qui songent au soir, lorsqu'ils pourront à nouveau dormir. Ils vivent dans un futur perpétuel aux fantasmes si peu singuliers.

La ligne Yamanote le dépose près du *sento*, le *konbini* vient d'ouvrir, il y pénètre et ressort quelques minutes plus tard avec une barre de snack qu'il croque avidement. On est loin des privations qu'il dut endurer dans les lassos du désert noir.

Arrivé chez lui, il monte sans faire de bruit. Oncle Masaki est dans la salle de bain, Fumiko peine à s'extraire de sa nuit, Yumi coupe un chou en julienne. Personne ne s'est rendu compte de son absence.

Allongé sur son lit, il repense aux paroles de Midori. Il est possible qu'il y ait une porosité particulière entre la réalité et les univers qu'il visitera. Elle n'est pas amoureuse d'Ikiro, c'est vrai, quand bien même, elle peut changer d'avis, il est possible que la

Midori réelle puisse entrer en contact avec celle qu'il rejoignit au désert noir. Ikiro songe qu'il n'y a pas de différence entre aimer la Midori qu'il connait ou celle qui lui apparaît en parallèle. « L'important n'est-il pas simplement d'aimer ? Elles sont toutes deux en tous points semblables. Alors aimer l'une ou l'autre dans cette configuration doit me contenter ». La retrouver dans un de ces prochains univers c'est vivre en un lieu où il n'y a peut-être ni Soke, Fumiko, oncle Masaki, Yumi ou sa chère Sobo. Faire le choix d'aimer le double de Midori, c'est migrer sans attache dans une dimension où Ikiro et Midori seront seuls, et peut-être pour toujours.

Samedi

Samedi matin, Ikiro descend au premier étage, Yumi continue de cuisiner invariablement : elle s'affaire. De la vapeur sort du cuiseur de riz. Fumiko rechigne à se lever, oncle Masaki est parti jouer au golf. La journée se passe. Ikiro, délicieusement habité par le souvenir de son étreinte à la porte des enfers, se remet de ses émotions. Il repense à une discussion qu'il avait eu avec oncle Masaki. « Les choses de l'amour ne se traitent qu'avec le temps. »

Ikiro décide de suivre son conseil. Il est presque sur le point de téléphoner à Yukisada ou Sobo pour relater son voyage : il ne le fera pas. S'il ne nourrissait pas encore une jalousie à son encontre, Yukisada l'aurait charrié ; quant à Sobo, elle aurait pu être blessante, elle est maladroite et Ikiro n'a pas besoin de cela. Il remonte donc dans sa chambre.

Il est follement épris de Midori, et les études passent au second plan. Il ouvre un précis d'architecture, observe la coquille formée du nombre d'or, cette sorte de nautile mathématiquement parfait, et referme son manuel.

Il mange avec appétit, joue une partie de l'après-midi à un jeu de construction avec Fumiko. La nuit venue, il s'assoupit sur son lit, espérant que le *tamago* lui permette de se glisser en un lieu où il pourra retrouver Midori. Minuit sonnant, il se réveille en sursaut, et surprend Soke en train de lire son recueil de Kawabata.

« Tu sais lire, Soke ?

– Quelle question ! Bien entendu que je sais lire. Nous, les chats, avons de l'éducation. Je te ferais remarquer qu'en Égypte nous étions des dieux. Ce n'est pas pour rien qu'on nous a momifiés. T'as déjà vu une mangouste momifiée toi ? »

Le passage qu'il lisait est mélancolique.

Les forains de la nouvelle de *La danseuse d'Izu* resteront à l'auberge de Yugashima une nuit supplémentaire. Ils proposent au narrateur de les attendre : ils repartiront ensemble le lendemain. Le surlendemain sera le quarante-neuvième anniversaire du décès de leur nourrisson. Ils vont le fêter dans l'intimité et invitent le jeune voyageur à les accompagner à Shimoda pour y prier avec eux la mémoire de l'enfant.

Soke arrête sa lecture.

« Tu as raison, Soke, c'est un passage triste. Mais pour Midori ?

- Midori ?

- Le *tamago* a ouvert une brèche temporelle et je me suis retrouvé transporté jusqu'à la porte de l'enfer, elle était là, elle.

- Je sais ce que tu vas me demander, oui, la Midori que tu rejoindras dans les vortex est la Midori que tu connais dans le monde des humains. Il n'y a pas une Midori, il y en a une infinité présente dans des temporalités et des configurations toutes dissemblables et toutes semblables à la fois.

- Je lui ai tenu la main, tu sais, et je l'ai serrée fort contre moi : c'était Midori ! Alors aimer l'une c'est aimer l'autre ?

- Oui, Ikiro. »

Cette nuit le *tamago* ne danse pas. Soke conseille à Ikiro de se coucher. Se glissant sous son futon, il le tire jusqu'à son visage, profite du parfum de ses draps propres, senteur enveloppante d'assouplissant à la fleur d'hibiscus : heureux de ces nouvelles encourageantes, il s'endort rassuré.

1960

*

Nous avons pris la navette du matin, elle relie la ville de Nagasaki à l'île de Hashima. Nous sommes partis nous exiler sur l'île cuirassée, c'est le seul moyen de vivre notre amour. Ma famille désapprouve de notre union, la tienne aussi. La navette avance péniblement sur la mer de Chine. Nous sommes fatigués, la nuit dans l'hôtel de la veille fut entrecoupée du chant d'un coq qui semblait ne pas avoir de notion du temps, et qui nous réveilla à de nombreuses reprises.

« Regarde-toi, tu es tout ébouriffée par les embruns.

– Crois-tu qu'il va neiger ?

– C'est probable, il fait assez doux pour la saison. »

Une odeur de fioul se mêle à la senteur d'iode qui se dégage de l'écume mordante des vagues qui se brisent sur la proue. Notre vie tient dans deux valises ridiculement petites. Nous avons décidé de trouver un emploi sur Hashima. Ils embauchent en ce moment. Le travail sera dur : la liberté a toujours un prix. D'autres que nous font le voyage, la navette expectore un nuage noir. Les passagers portent leurs vies sur leur visage, on y lit la misère et les privations. Il demeure parfois un reliquat de guerres et d'atrocités dans le regard qu'ils posent au loin. J'ai menti sur mes diplômes, je me suis sous-évalué lorsque j'ai passé mon entretien dans une succursale de la Mitsubishi Holding. Ils m'auraient mis dans un laboratoire, entre becs Bunsen et touillettes. Mes journées auraient été si monotones ! Je crois que je n'ai pas vraiment réfléchi. On m'a demandé si j'avais des connaissances en géologie. J'ai opiné. Je ne me souviens pas d'avoir parlé. Il fallait cette fuite en avant, un travail, quel qu'il soit. Le vent est glacial.

La navette avance, emportée par la houle. Le capitaine tient bon la barre pour la contrer.

« Tu verras, plus personne ne pourra nous atteindre.

– Un lieu, non, un écrin pour notre amour ! »

Tu prononces ces mots, je ne peux faire autrement que d'y croire. La navette se rapproche de l'île, elle se dessine, assaillie de brume en ce matin de janvier. Hashima est une île conquise sur la mer. Malgré son aspect lugubre, elle possède tout le confort moderne. C'est le point sur terre le plus densément peuplé, on compte plus de cinq mille habitants sur ce confetti de six hectares et demi. C'est étrange de vouloir y vivre unis, d'espérer la solitude ici, dans cette concentration ahurissante.

« Regarde, on aperçoit le phare au centre de l'île.

– Oui, oui, je le distingue ! »

Tu as froid, je te propose de mettre mon manteau. Te savoir chaudement habillée me rendrait heureux. Tu refuses, tu ne voudrais pas que je prenne froid à mon tour.

Tu vas travailler comme ouvreuse au cinéma, je serai contremaître à la mine. Le réseau minier de Hashima plonge profondément, certaines veines de charbon se trouvant à plus de huit cents mètres sous les pas des insulaires. Le bateau avance toujours en direction de l'île ; installés près de la poupe, nous attendons qu'il s'immobilise avant de débarquer. Je me permets de prendre ta valise, elle est plus lourde que la mienne, j'ai jugé bon de voyager léger. Tu marches sur le ponton, me regardes : je devine dans tes yeux le bonheur et la satisfaction. C'est à présent dans cet endroit que nous construirons notre avenir.

Ce fut un trajet labyrinthique pour nous rendre au bureau des admissions de la mine, pour trouver la salle de cinéma. Succession de rues et ruelles, dans le froid, nous avons eu beaucoup de peine pour trouver notre chemin. Pas un seul bâtiment de pierre : règne le béton, et ce sentiment d'être dans une ville nouvelle. Au milieu des barres d'immeubles de trois à quatre étages on se rend compte que les agrandissements de l'île cuirassée furent conquis de haute lutte : ces constructions forment un ensemble dense d'habitations. Tout ici, en ce jour d'hiver, confère au lieu une rigueur et une organisation martiales.

Nous gravissons les escaliers qui nous mènent à notre logement. Il est situé au troisième étage d'un immeuble dans la partie nord-est de l'île. La pièce principale mesure dix mètres carrés, tous les appartements se ressemblent, ils pourraient être interchangeables ; seuls leurs occupants les différencient. Les toilettes sont sur le palier, la cuisine est commune, sol de tatamis, des placards de rangements dans le mur. Nous nous installons, défaisons nos bagages, rangeons. Une voisine vient à notre rencontre, porte ouverte, elle reste sur le seuil. Son enfant fond dans tes bras.

« Vous êtes nouveaux ! Vous venez d'où ? Moi je m'appelle Jiro.

– Excusez-le. Jiro ! Ce n'est pas poli de se conduire comme ça. Laisse nos nouveaux voisins s'installer !

– Ne vous inquiétez pas, il n'a fait rien de mal. »

Tandis que je finis de mettre de l'ordre, tu t'adresses à Jiro avec toute la douceur et la gentillesse qui te caractérisent. Notre jeune voisine te salue et prolonge la conversation.

« Vous verrez, vous serez bien, il y a de l'entraide, toutes les familles qui vivent ici sont très gentilles. Parfois nous nous retrouvons pour jouer aux cartes ensemble. »

Tu parles avec le petit Jiro, tu le regardes tendrement. Je peine à rentrer la valise dans le placard, à l'endroit où j'ai décidé de la remiser. Notre voisine t'explique le fonctionnement de la cuisine. Elle veut te faire découvrir l'île, ajoute que son mari travaille à la mine : « Presque tous les hommes sont mineurs. » Tu lui racontes que nous sommes originaires de Kyoto, que je suis employé comme contremaître. Un court instant, les inflexions dans la voix de notre voisine s'adoucissent davantage, sa gestuelle serait presque plus déférente et respectueuse avant que tu ne la rassures et que tu lui dises en souriant : « Ici, nous sommes tous logés à la même enseigne. » Elle reprend son ton naturel et se dit heureuse de cette rencontre avant de courir dans la cuisine.

Elle se nomme Aiko et nous quitte précipitamment pour éviter que son repas ne brûle, nous laissant seuls. Je te prends la main. De la fenêtre nous avons une vue plongeante sur une aire de jeu. Des enfants sur les balancelles et tourniquets. Midi passé, Aiko revient vers nous et nous apporte deux parts de son repas. Elle ajoute que son mari ne mange pas avec eux le midi. Qu'elle est sûre que vous serez de parfaites amies. Jiro court dans les étages et se rue dans le parc en contrebas, promettant à sa mère de remonter dans cinq minutes.

« Prenez, c'est une soupe *miso* au tofu frit et au *wakame*. Et prenez de ceci aussi, ce sont des escalopes de champignon *shiitake* aux algues *kombu*, avec des oignons et des carottes. Mangez tant que c'est chaud. Par ce temps, cela vous réconfortera. »

Nous la remercions chaleureusement et entamons ce déjeuner imprévu. Alors qu'elle retourne dans son appartement - non sans avoir averti Jiro que le repas est prêt et qu'il doit rentrer. On entend par la fenêtre les autres mères rappeler leurs enfants. Nous mangeons avec appétit. L'appartement est aménagé simplement, tout ce vide et ce minimalisme font que nous jouirons d'une paix sereine. Trop de meubles habillent un intérieur mais ils ne sont pas si essentiels ; ils brouillent l'onde d'une maison, encombrent l'espace.

« Tu veux aller sur le toit de l'immeuble ? Je ne t'en ai pas parlé mais j'ai une surprise pour toi !

- Une surprise ? »

Nous empruntons à nouveau l'escalier commun et débouchons sur le toit. L'administration de l'île a fait venir des sacs de terre de Nagasaki pour créer des potagers et des jardins au-dessus des bâtiments, un peu de vie entre les bouches d'aération et la plomberie. Il y a des fleurs aussi, on a même réussi à construire des ruches que les habitants chérissent et dont ils s'occupent.

« Comment ont-ils fait pour les abeilles ? »

Je te réponds que je ne le sais pas ; tu regardes au loin le port de Nagasaki, tu déambules dans le potager, tu sens les rares fleurs assez résistantes pour ne pas encore faner : tu es une gosse émerveillée !

L'après-midi, je suis retourné au bureau de la mine, on m'a donné ma feuille de route, je commencerai demain. Le jour nous a quittés, la nuit lui a succédé. Auparavant, nous avons toujours dormi les volets ouverts, et ce depuis que nous vivions ensemble. Je ne sais pas ce qui nous a poussés à fermer les stores. Est-ce pour être seuls ? La lumière des lampadaires est-elle de trop ? C'est un moyen détourné pour ne pas perturber notre sommeil et ce que nous vivons. Je ne trouve pas de repos les heures qui suivent notre coucher. Je songe à toi dans ce jardin de thé de l'ancienne capitale, celui de notre baiser volé. Je pense à ma disparition de Darvasa. Toi, tu te blottis contre moi, laissant ma main sous ton oreiller, mon bras sous ta nuque. Je ressens assez rapidement des fourmillements, puis je ne sens plus ma main, je veux accompagner ton corps jusqu'à l'engourdissement. Une manière comme une autre de te protéger d'un éventuel cauchemar, d'un songe indélicat. Je connais ton visage, je peux deviner tes traits si fins, même dans la pénombre. Je demeure dans cette position, le bras presque ankylosé. Tu bouges soudainement, tes pieds me cherchent sous le futon. Tu dors toujours, c'est la première nuit où nous nous sentons définitivement heureux, libérés des intentions de nos familles. J'ai le sentiment que Hashima devient, à mesure que la nuit se déroule, le plus sûr et parfait endroit pour nous.

Je finis le petit déjeuner, ouvre les volets, il neige, il fait encore nuit dehors. J'attends que tu te réveilles. Partir travailler sans te prévenir aurait été trop violent. Se réveiller en un lieu étranger provoque un indescriptible sentiment de vide absolu. Dans cette ville inconnue, mes pas me portent en direction du sud-ouest, à l'entrée de la mine. Les ouvriers de la nuit rentrent chez eux au moment où je pénètre dans le vestiaire. On me présente aux mineurs que je vais encadrer. J'enfile une côte grise et pars avec eux dans les entrailles de la terre. La sonnerie retentit, le monte-charge descend, toujours plus profondément sous le niveau de la mer. Il s'arrête devant un couloir arraché à la pierre, étayé de poutres de bois. Nous marchons à peine éclairés par les lampes à acétylène, arrivons à la veine en exploitation. Depuis peu les mineurs de l'île sont équipés de détecteurs pour éviter les coups de grisou.

95% d'humidité dans l'air, une température éprouvante, des difficultés pour respirer, telles étaient les conditions des mineurs de l'île cuirassier. Creusant dans cette atmosphère brûlante, sortant après leur labeur pour retrouver les frimas de l'hiver. Les premiers jours j'ai éprouvé une certaine gêne à diriger l'équipe qui était sous ma responsabilité. Je me trouvais peut-être trop jeune. Bien qu'ils ne me le fassent pas remarquer, je ne me sentais pas à ma place ici. L'excavation du charbon était lente, douloureuse, les hommes devaient supporter le poids du marteau piqueur, les bras tendus, et pousser férocement à l'endroit choisi pour avancer dans la veine. La poussière traversait les masques que nous portions, collait à la sueur des corps. J'avais des connaissances en géologie, c'était même ma formation universitaire, seulement je me demandais ce que je faisais sous terre à des centaines de mètres sous le sol de Hashima. Souvent, je songeais à toi, cela me donnait du courage. J'ai dû faire mes preuves pour être accepté par mon équipe. Si les premiers temps ils n'osaient pas me confier le marteau piqueur ou me faire manœuvrer le wagonnet jusqu'au monte-charge, mon insistance à les aider et mon engagement firent que peu à peu on me respecta et ce sentiment m'adouba auprès des foreurs. Les wagons crissaient sur les rails, remontaient, nous revenaient, nous les remplissions, les vidions, dans le tumulte et la fureur. Bruit assourdissant, les pierres ricochant, pelletées au sol, jetées dans les wagonnets. Il se dégageait une certaine monotonie dans les incessants mouvements de pelles et de marteau piqueur. Une monotonie à peine rompue lorsqu'il fallait étayer la galerie. Il n'y eut pas d'accident répertorié durant le mois de janvier.

Chaque jour je partais pour la mine, te laissant seule dans notre appartement monacal, tu buvais ton thé avec cette vue imprenable sur la mer de Chine. Tu avais de bonnes relations avec les habitants de notre immeuble et avec Aiko notre voisine, tu rendais de menus services aux uns et aux autres, c'était une vie simple et nourrissante. Tu faisais tes courses au magasin d'alimentation, tu rangeais notre logis, cuisinais avec les autres femmes de l'étage avant que nous rentrions, nous, les mineurs, noircis, exténués, le corps martyrisé, les épaules moulues. Nous nous douchions pour quitter nos oripeaux de suie. L'eau grise disparaissait dans la bonde, c'était pour nous le moment le plus agréable : redevenir un homme. Bien que la cuisine soit partagée, les repas n'étaient pas pris en commun, chacun mangeait la porte fermée. L'appartement était le dernier rempart de confidentialité, univers propre à chacun et défendu inconsciemment comme tel. Je t'accompagnais parfois, nous montions tous deux sur le toit du bloc. Avant le printemps les abeilles hivernaient, réchauffant leur grappe par de légères vibrations de leurs thorax : un frémissement à peine audible. Tu passais souvent à la bibliothèque de l'île et empruntais des romans. Tu me prodiguais des conseils de lecture, je m'y consacrais pendant le weekend. Nous travaillions tous deux dans la pénombre, moi dans les failles de la terre, toi dans la chaleur et le confort du cinéma. Tu ne savais pas vraiment quoi me raconter sur ta journée, et je crois que tu devais t'en vouloir d'être employée dans de si bonnes conditions, tandis que, sous tes pas, je m'époumonais dans les saillies charbonneuses. Le samedi je descendais au café pour y lire le journal, rarement on venait s'assoir à ma table pour parler avec moi ; je n'avais pas d'amis, juste des connaissances qui parfois me proposaient une partie de dominos. Je ne pariais pas. Je restais, calmement installé en retrait, buvant ma bière, recueillant des nouvelles du continent.

J'aurais aimé passer plus de temps avec toi, mais mes jours de repos ne coïncidaient pas avec les tiens. Mes samedis et dimanches étaient chômés, ces jours-là tu faisais le gros de tes ventes. Le cinéma était un lieu qu'affectionnaient les insulaires. La programmation y était éclectique. Il y avait un certain retard avec Nagasaki, et lorsque la navette apportait de nouvelles bobines de films, c'était un jour de fête.

Les dimanches soir étaient silencieux, l'étage n'était pas traversé par des éclats de voix ou des rires, la frayeur de l'accident contristait les esprits qui, malgré les avancées techniques, redoutaient la mine et le retour au travail. Le lundi, tandis que les enfants dormaient encore, les hommes retournaient à la mine, le cœur lourd, l'angoisse dévorante. Une autre journée débutait, ressemblant à toutes les autres, précédant le soir où l'on s'alcoolisera pour oublier sa condition.

Je déjeunais toujours avec toi, c'était devenu coutumier, tu mangeais de bon appétit et te recouchais après mon départ, honteuse de ce confort, douillettement installée sur notre futon. À dix heures, le cinéma ouvrait ses portes, c'était bien souvent que tu arrivais à peine en retard et peinais à relever le store d'acier de l'accueil. Tu t'occupais des friandises, tandis que le film passait tu nettoyais le hall, à l'entracte tu proposais des glaces. Ce mois-là le cinéma proposa plusieurs films, outre la pièce de théâtre de l'association de la mine. Le public se distrayait devant *Alakazam le petit Hercule*, le dessin animé contant l'histoire du roi Macaque puni par les dieux, forcé d'accompagner le prince Amat dans son pèlerinage. On pouvait s'émouvoir en regardant *Courant du soir*, ce triangle amoureux entre une mère, sa fille et le cuisinier que toutes deux aiment en secret. Ou encore, connaître le grand frisson devant *L'enterrement du soleil* et son histoire de gangs dans les bidonvilles d'Osaka. Tes tâches finies, tu pouvais rejoindre la salle de projection et assister aux longs métrages que le projectionniste diffusait.

On pourrait croire que les insulaires vivent sur Hashima comme sur un navire de guerre. Sa forme fait penser aux cuirassiers Tosa, construits au sortir du premier conflit mondial. Nous connaissions parfaitement l'île à présent, nous ne nous perdions plus quand nous voulions nous rendre quelque part, nous prenions même des raccourcis pour rejoindre le bar, l'hôpital, ton travail, la mine. Le printemps releva l'hiver de sa garde, et les fleurs bourgeonnèrent sur le sommet des immeubles, leur conférant une ressemblance fantasmée avec la mythique Babylone et ses jardins suspendus. Nous nous aimions, et à mesure où les mois passaient, notre amour se développait et se raffermissait. Je ne songeais plus au vortex. Je vivais dans cet univers depuis des mois et c'était comme s'il avait remplacé ma vie passée. Égoïstement, occupé à t'aimer, j'en avais tout oublié : Sobo, les Matsuura, Soke, mes camarades d'université et même la vraie Midori. Nous avions trouvé l'équilibre d'une vie saine et heureuse sur Hashima. Il m'arrivait d'aller te rejoindre à la sortie du cinéma le samedi. Nous rentrions, ta tête reposée sur mon épaule. Nous nous régalions de poissons pêchés sur l'île, nous gardions parfois le petit Jiro. Le mari d'Aiko, taiseux, taciturne, s'était même pris d'affection pour moi et avait fait l'entremetteur, de sorte que j'avais maintenant quelques amis. Mes lectures du weekend étaient parasitées par leur présence à ma table et par les jeux et les verres que nous partagions.

Il y avait un couple de personnes âgées, nous les appelions affectueusement les « ancêtres ». À la retraite, ils avaient fait le choix de finir leur vie sur l'île. Ils avaient bataillé ferme pour que la Mitsubishi Holding leur permette de rester sur Hashima. Les habitants prenaient soin d'eux avec le respect dû à la vieillesse. Ils portaient et faisaient leurs courses, les aidaient à gravir les marches qui les menaient à leur logement. Par chance il était au premier étage. Les mères dépassées par leurs enfants les confiaient parfois à ce couple d'octogénaires. Mamie faisait des gâteaux ; à l'entendre elle n'avait jamais autant pâtissé que depuis qu'elle ne travaillait plus. Le grand-père acceptait avec le sourire cette tornade de gamins qui envahissaient régulièrement leur appartement. J'aimais discuter avec lui : la sagesse ne s'acquiert qu'au long des années. J'avais même failli lui parler de ma situation. Je ne l'avais pas fait, je ne pouvais pas me confier à personne, même pas à toi.

La sirène de la mine retentit, hurlante, elle éclabousse les bâtiments, fend l'air, se réverbère sur toutes les constructions de l'île. C'est le signe d'une avarie qui n'a rien d'anecdotique. Un mineur parcourt les halls d'immeubles en hurlant à s'en décrocher les poumons :

« Il y a eu un accident à la mine, une étaye n'a pas tenu, la galerie s'est effondrée, il y a une dizaine de blessés, peut-être des morts ! »

Dans notre appartement, tu lis Kawabata, la peur te prend, vigoureuse et violente, elle t'étreint jusqu'à ce que la frayeur naisse à l'instant où tu vois tous les locataires se jeter dehors avec effarement. Tu dévales

les escaliers avec terreur, ma mort te projetterait dans la souffrance et le veuvage, un deuil vorace et sauvage qui te détruirait. Tu crains pour moi et tu émerges du bloc, en nage. Tu cours le plus vite que tu peux, tu rejoins la masse qui se répand dans les rues depuis quelques minutes, abandonnée à une terrible probabilité. Tu ne te souviens plus dans quelle galerie je travaille. Tu maudis ta mémoire et te colles au cordon de sécurité. Tu hurles, comme tous :

« Mon mari ! Avez-vous vu mon mari ? Ikiro, Ikiro, mon amour ! »

Ta voix se perd dans la chorale des autres peurs. Elles forment un brouhaha incompréhensible de cris et de pleurs. On remonte les premiers corps, on les dispose devant l'entrée, la sirène est toujours aussi brutale ; un gyrophare fend l'air, une ambulance repart pour l'hôpital. Tu scrutes transie d'effroi, sans quitter des yeux la porte du bâtiment. Les minutes sont lourdes, pesantes, poisseuses. Tu as du mal à respirer, tu halètes : tes larmes coulent et s'éventrent sur un sol noir. Tu questionnes du regard tout élément : tu l'analyses. Les mineurs remontent, tu me cherches dans la cohue. Ne pas m'apercevoir c'est la possibilité que je ne revienne pas. Tu t'en veux horriblement de ne pas te souvenir dans quelle veine je me trouve. Tu entends une rumeur, elle enfle, elle peut être véridique. Cela s'est passé dans le puits numéro six. Tu cherches, tu fouilles en ton esprit, là se mélange notre date de mariage, nos dates de naissance, celle de notre rencontre. De ce cirque intérieur, tu n'en ressors rien de vraiment utile et tu attends, dévastée.

Tu ne cries plus à présent, tu pries que je ne sois pas sous les décombres. Tu restes au milieu de la foule. Aiko te rejoint, son mari va bien.

« Pourvu qu'Ikiro ne se trouvait pas dans la galerie six. Tu sais où il travaille en ce moment ? »

Tu bafouilles que tu n'en sais rien et tu te perds en un interminable sanglot. C'est à ce moment que j'émerge de la chair souffreteuse de la terre. Tu me reconnais au loin, tu veux soulever le cordon de sécurité, courir vers moi. Je te regarde dans ta robe bleue, celle que tu avais achetée dans l'un des magasins qui bordent le vieux Kyoto. Je m'élance vers toi.

« Ne crains rien, là, tout doux...

- J'ai cru que tu étais mort, j'ai eu si peur !

- Tout va bien maintenant ma chérie, là, pleure... »

Je reste le temps de voir si mon équipe est au complet, et nous quittons cette cohorte de frayeurs et d'émois. Nous reprenons le chemin de notre logement. Il se met à pleuvoir, tu te plaques contre mon bras. Nous marchons. En nous rapprochant de notre immeuble notre cadence s'accélère. Nous voulons nous retrouver seuls au plus vite. L'étage est désert, les mineurs et leurs femmes ne sont pas encore de retour chez eux. Je te regarde, tu as les yeux noyés de larmes.

Nous rentrons dans l'appartement et tirons les volets, le futon n'est pas encore replié. J'ai besoin de sentir ta peau. Nous nous déshabillons, tous les deux, pour renaître au monde. Tu te glisses sous la couverture, je suis noir de charbon, je ne pense pas une seconde que je vais maculer le futon de charbon et de poussière et qu'il sera irrécupérable. À mon tour, je me blottis contre toi. Je me concentre sur ton souffle, tes expirations saccadées, tes inspirations désaccordées qui s'apaisent peu à peu. Je reste auprès de toi, dans cette pièce aveugle, ma main frôlant tes cheveux, puis te caressant la joue. Impression que rien ne peut nous atteindre. Je me colle à toi, tu t'effondres, je murmure que je t'aime pour faire disparaître les éclats de panique qui peuvent encore t'assaillir. Nous restons, toute la matinée, tout le jour, dans cette pose fœtale pour enfin fermer les yeux.

Guimauve

Ikiro se réveille dans une benne à ordures, nu, dans le quartier de Midori. Groggy, il sort du conteneur en se hissant comme il peut. Dans l'une des ruelles adjacentes, il vole des vêtements, sans se faire prendre, et les enfile à la hâte. Aimer, partager cet amour est si grisant qu'il souhaite repartir au plus vite, faisant fi de la réalité. Les jumelles de Midori, celle de Darvasa et celle de l'île cuirassée, valaient bien l'originale. Il ne s'intéresse plus à elle, il est tout entier à réfléchir comment revivre un aventureux amour. Il rentre en marchant distraitement, il ne songe même pas à retourner chez elle, il n'a aucune envie de l'importuner, de se lancer dans une déclaration d'amour. Quant à sa famille, il a pu s'en passer si longuement, il est persuadé que leur absence ne l'affectera pas. Vivre ailleurs, voilà ce qui l'habite, ce qui le fait rentrer chez les Matsuura, ce qui s'anime en lui au point de ne plus se soucier de rien d'autre. Il est tard. Soke pourra répondre au questionnement qui le hante. Il arrive devant chez lui, gravit les escaliers, personne ne s'est aperçu de son évasion. Il coupe net Fumiko qui voulait lui parler, et lui promet qu'il l'écoutera plus tard. Il lui ment. Il ne peut plus avoir de plus tard.

« S'il n'y a plus de « plus tard » mon amour : il y a le présent.

– Je vais te rejoindre, dans les entrelacs de la nuit.

– Alors j'attends, je demeure là où j'ai toujours été, dans ton parage à patienter que tu me reviennes. »

Soke n'est pas là, sans doute joue-t-il au jeu de *go* avec Hachiko, le chien fidèle, et le *kappa* sur les rives de Shibuya-gawa. Ou est-il avec Blossom ? Ikiro regarde la petite boîte en cèdre qui est posée sur son bureau. Il se souvient que lorsque le *tamago* s'était réfugié sous son lit il l'avait mordu. Quel peut être le cheminement d'une idée ? Ikiro sort le petit œuf persuadé que si le *tamago* a gouté son sang, il ne serait pas invraisemblable de demeurer éternellement dans le vortex en gobant la petite créature. « Au pire », songe-t-il, « si ce stratagème ne fonctionne pas, Soke pourra m'aider à retrouver un autre. » Ikiro, tient dans ses mains le petit œuf. Il est endormi dans sa paille de polystyrène, il le porte à ses lèvres, le glisse dans sa bouche et le mâche ; le *tamago* a un délicieux goût de guimauve et d'amande. Il finit par l'avaler, à l'instant où Soke fait son entrée. Avant de s'évanouir, Ikiro entend que le chat l'interpelle, puis la voix devient inaudible.

Paris 1910

Mes yeux sont clos, je sens un léger souffle, ce doit être le vent ? À cet instant je n'ose les ouvrir, j'appréhende ce que je pourrais découvrir. Mes mains, ce ne sont pas mes anciennes mains : leur paume est différente. Elles sont fines, distinguées, presque fragiles, avec leurs phalanges longues et droites. Un regard plus bas, j'aperçois que je suis vêtue d'une robe de chambre d'un fin voile jaune écru, je porte des mules. J'ai le besoin de me retourner, faire face au miroir pour qu'il me révèle pleinement. Ce que je redoutais s'est produit, je ne suis plus dans mon corps, mais dans celui de Midori !

Je sursaute en me voyant, recule, manque de chuter. Je m'approche à nouveau pour me regarder. Mes yeux sont d'un noir intense, mon cou est long et fin, lui aussi. Les perles de mes boucles d'oreille confèrent à mon visage un hale de blancheur. Je me trouve belle, et je m'effraie de cette situation. Je suis dans ton corps et ne peux faire autrement que me contempler tout hypnotisée par ta beauté, c'est un moyen de ne pas être alarmée par la nouvelle, par cette étrangeté que je vis. Un moyen bien ridicule, tant la stupeur me défait. J'essaie de me calmer. Je me dis que je tiens à toi si follement que, si tu étais moi, je pourrais t'aimer. Mais il est probable que je me trompe. Je me demande comment nous en sommes arrivés là ; quelle folie ! Tout est embrouillé, je quitte la coiffeuse et son miroir, choisis de m'asseoir un instant sur le lit pour reprendre mon souffle.

Comme les autres fois, la mémoire est là. Pourtant, cette fois-ci elle est en partie tronquée, je sais tout, sauf l'unique information qui m'apaiserait : si tu es ici avec moi.

Je me lève après quelques instants, je vais à la fenêtre, écarte les rideaux. L'eau n'est pas venue jusqu'à nous, la crue engloutit le Zouave du pont de l'Alma jusqu'aux épaules : les voitures, les trains et les bateaux ne circulent plus. Les chevaux sont revenus peu à peu dans la capitale. L'Imprimerie nationale, la préfecture de police, la Chambre des députés, le ministère des Affaires étrangères et combien d'autres endroits sont inondés. Ce matin le préfet Lépine a décrété que les ordures seraient jetées dans la Seine pour des questions sanitaires. On a évacué de si nombreuses habitations, il neige et le froid accompagne la montée des eaux. Trente mille foyers sont privés de gaz et lorsque la nuit tombe, les pannes électriques sur le réseau d'éclairage public plongent Paris dans une obscurité angoissante.

Je reviens à la coiffeuse, m'attarde sur mon reflet, je me dévisage. Essoufflée, j'ai le cœur qui s'emballe. Si je suis toi et que tu es moi, ce sera étrange au commencement, mais il est possible que je m'habitue. Voilà ce qui se produit lorsque l'on fait appel à la magie, était-ce le choix dont parlait le professeur, celui d'accepter d'être une femme, et ce pour l'éternité ? Je suis ahurie par la situation, à un moment je défaillis, j'ai des fourmillements dans la nuque, je croise les bras sur la table, et y adosse ma tête. Tour à tour me sentant la force d'assumer cette épreuve puis maudissant le destin.

« Vous m'avez appelé Madame ?

– Non, Hortense, vaquez à vos occupations. »

Comment se fait-il que je connaisse tout de ma vie, jusqu'au prénom de ma bonne ? Dévastée, je décide de fermer la porte de ma chambre. Je fixe la rosace en stuc, les ramures de lauriers qui courent le long des murs du plafond. J'essaie de faire le vide, je suis assaillie de questions. Je reste couchée une partie de la matinée, j'appelle Hortense et lui demande de m'aider à me vêtir, elle serre violemment le corset que je porte sous ma robe. Je manque de défaillir tant il me ceinture. Je me décide enfin à prendre le thé, je me rends dans le salon, m'assois sur une banquette, dos à la porte. J'observe la pièce dans laquelle je me trouve : les meubles, les fleurs, les plantes, le touche-touche des tableaux et gravures qui étouffent les murs. Le thé est brûlant, je manque de m'ébouillanter. Je reste à attendre que tu reviennes, je t'embrasserai délicatement, d'un baiser comme la brise. Si tu n'existes pas ici, que faire ? Comment me soustraire à ma condition ? Je bois, essayant de ne pas succomber aux doutes. Hortense est à l'office, tôt ce matin, elle a briqué l'argenterie, elle s'occupe de culotter une poêle neuve. Le reste du logement est silencieux au point que dans ce silence j'entends le bourdonnement du vide. Je songe au luxe que représente déjeuner dans le confort de ma demeure quand de partout dans la ville s'activent les Parisiens meurtris, dépossédés de leurs biens par le désastre de la crue. Il faut que je patiente, tu rentreras chez nous, qui que tu sois, c'est l'une de tes habitudes que de revenir à ton domicile en milieu de matinée avant de t'enfermer dans ton bureau pour gérer tes affaires courantes. Hortense ravive le feu dans la cheminée avant de retourner ranger la vaisselle. Elle est d'une grande aide ! Que ferais-je sans elle ? Je l'ai toujours traitée avec une infinie douceur.

Je pensais que je pouvais t'attendre calmement, et lorsque le carillon s'est mis à sonner, j'ai presque sursauté et je me suis sentie nerveuse. Je sais qu'à présent tu peux revenir à n'importe quel moment. Tu es d'une ponctualité déconcertante, l'horloge vient de retentir et la porte de la maison claque derrière toi. Je suis transie de peur, j'entends ton pas qui claque dans le hall, le son de tes talons sur le carrelage, celui de tes semelles sur le parquet, un grincement qui se rapproche, des mains qui se posent sur mes épaules, un baiser dans mes cheveux ; une ombre, un corps qui traverse mon champ de vision avant que tu ne t'assoies face à moi. Tu n'es pas Midori !

« J'aurais dû prendre des actions dans les parapluies Piganiol. C'est le blizzard, ne croyez-vous pas ma chère ? »

Il faut que je réponde, je suis troublée, désespérée que tu ne sois pas en lui. Très archaïquement je réplique que je n'y entends rien à la bourse et prends ce faux-fuyant comme prétexte pour finir mon thé tranquillement.

« Ce bon Lépine, le grand ordonnateur de la police, doit grandement avoir à faire aujourd'hui. Vous savez que je ne le porte pas dans mon cœur, et bien, je ne voudrais pas être à sa place. Vous êtes toute pâle Marie, êtes-vous indisposée ? On pourrait croire que vous avez vu un revenant. Vous devriez prendre soin de votre santé, vous êtes fragile mon amie. »

Je ne lui réponds pas et replonge dans ma tasse. Ce n'est pas toi Midori, tu n'es pas dans le corps de cet homme, de ce parfait inconnu. Il continue à donner son avis sur la crise que nous traversons, sur cette montée des eaux qui surprit Paris et sa banlieue. Qu'il ait posé ses mains sur tes épaules et embrassé tes cheveux m'est insupportable. Je sens encore son souffle chaud sur ta nuque !

« Je ne mangerai pas avec vous ce midi, et repartirai après le dîner, j'irai jouer aux cartes chez Ambroise Saint-Martin.

– Autre chose ?

– Ne m'attendez pas, je risque de rentrer tard. »

Ton corps est un temple inviolable. Je bout à la pensée que vous avez pu faire l'amour avant que je ne m'incarne dans ton enveloppe ! Tout à l'heure, j'ai bien failli le gifler, et si je n'étais pas davantage consciente de ma condition, j'aurais pu lui envoyer un uppercut dans le foie. Il entre dans son bureau, en ressort une dizaine de minutes plus tard, dépose un baiser sur ton front, je l'esquive, il n'a pas le temps de s'étonner de ce comportement et quitte la maison. Je ne peux accepter qu'un autre que moi t'embrasse, la sensation est aussi détestable que le toucher mollasson d'une pieuvre que l'on prendrait à pleine main. Je peux tout endurer pour toi, tu le sais et tu portes crédit à la pureté de mes sentiments, mais là, imaginer que l'on te touche ou même juste que l'on te frôle. Un baiser de mon mari sur tes lèvres, ce serait l'empreinte de la répugnance : ton anatomie est un territoire que je me dois de sauvegarder.

Tu sais, Midori ? Son visage m'est étranger, son corps tout autant et pourtant j'en sais plus que je le souhaiterais sur lui. Il endosse le rôle du délicieux mari. Et le soir, s'absentant pour voir ses amis, il file au Café Anglais, et pour quelques dizaines de Francs, il se fait refaire par des soupeuses, ces prostituées qui écument les établissements à la mode. Combien de fois ne t-a-t-il pas trompé dans le cabinet le Grand Seize ; buvant du champagne avec elles, se régalant d'écrevisses à la Bordelaise tandis que toi tu passais tes soirées en lectrice définitivement conquise par les récits que tu dévorais, t'aventurant dans l'exquis monde des mots, veillant jusqu'à tard.

Avant, vous alliez souvent au théâtre et à l'opéra. Puis, au théâtre, mais il n'y eut plus d'opéra. C'était avant que tu ne te rendes plus au théâtre non plus. Au commencement, il te présentait à quiconque, fier de ta beauté, de ton brillant esprit. De nos jours, les soirées mondaines se font rares. Par chance tu as le jour où tu reçois tes amies. Vous refaites le monde. Méliès est un poète, le maniérisme est émouvant, le cubisme est une supercherie ou une révolution sans précédent. Je n'ose imaginer ce qui se passe dans les boudoirs du treize de la rue de Marivaux : stupre et luxure. Il rentre le soir ; tu es un nichoir sur lequel il se repose quand il lui sied. Mon joli oiseau prisonnier, je promets que je prendrai soin de toi. Le vortex s'ouvrira bien un jour et nous nous retrouverons comme à l'accoutumée, il y aura un salutaire revirement, je serai Ikiro, et toi Midori ma déesse, détourée puis formée dans une argile dont on fait les bustes des dieux. Tu es de ces fleurs que l'on chérit. Ton mari, mon époux, notre conjoint, n'est qu'un lâche ventripotent se cachant sous les oripeaux de la grande bourgeoisie. On pourrait lui trouver du charme, de l'élégance et de la distinction, là où pour moi il n'est qu'un être immonde aux naseaux haletants, à la bave écumante, aux paroles enjôleuses et mensongères. Mais Monsieur est chef d'entreprise, il côtoie la haute société, il est influent ; crois-tu vraiment que ces attributs sont des galons ? Je ne peux que l'imaginer pataugeant dans la fange de ses promesses.

Le déjeuner fini, je pars me réfugier dans ma chambre, laissant Hortense à son labeur journalier. Couchée sur mon lit, je tente de m'endormir, espérant qu'à mon réveil tout revienne à l'ordre et à la mesure, souhaitant si chèrement que tu me reviennes. J'aurais tant aimé que tu regagnes ton corps, comme à Darvasa, à Hashima. On combat pour ne pas s'endormir, je lutte pour y arriver, essayant de me pacifier : comment faire ? J'ai toujours présent à l'esprit la désolante sensation du baiser de ce matin. Lorsque je suis sur le point de fondre au repos, le dégout me transperce de part en part. Sentiment féroce, il me donne la nausée, et je serais bon pour vomir si cette sensation n'était pas amoindrie par tous les heureux moments que nous avons vécus ensemble. J'attends avec appréhension que la journée se meure, conscient que la nuit viendra, et je suis horrifié à cette simple pensée.

L'heure du dîner approche, je demande à Hortense de m'habiller d'une de mes robes du soir. Non que je sois coquette, je me veux belle pour ce bêlant qui me sert de mari. Il faut suivre les us et coutumes de mon genre pour qu'il ne remarque pas de changement dans ma manière d'être. J'attends encore patiemment, dans ma chambre, aucunement remise de cette abracadabrante situation. Hortense est aux fourneaux, elle cuisine le dîner ; nous n'avons pas été rationnés par la crue, mais les repas des jours passés ont été plus frugaux qu'à l'accoutumée. Vêtue pour le soir, je viens m'attabler au grand salon. La décoration de cette pièce a pour thématique le japonisme, une période qui plaît à mon époux. On se croirait dans la succursale d'un antiquaire, tant il y a d'estampes et de sculptures d'origine asiatique. Au-dessus de la cheminée est accroché un tableau représentant le pont sacré Shinkyo, qui surplombe les eaux de la rivière Daiya, dans la préfecture de Tochigi. Cette peinture de Félix Elie Regamey, peinte au cours de son voyage au Japon, trône magnifiquement dans le salon. C'est l'œuvre la plus précieuse que nous possédons.

Comment ne pas songer à Tokyo, à toutes les péripéties passées, en la regardant ? Le monde est nu sans ta présence ; je ne suis qu'un homme mutilé qui ne pourrait oublier son traumatisme. Je pense à toi, nous avons vécu la plus belle des romances sur l'île de Hashima. Combien de temps pourrais-je donner le change ? C'est la question qui me préoccupe tandis que mon époux revient et que nous passons à table. Le bêlant dispose sa serviette sur lui.

« J'espère que vous nous avez gâtés Hortense, je meurs de faim !

– J'ai fait comme j'ai pu, ne me demandez pas des miracles Monsieur. La plupart des livraisons ont été annulées avec ce qui se passe dehors.

– Je suis sûr que tout sera parfait, Hortense. Eh bien, bon appétit Marie ! »

Nous commençons le dîner par des œufs en meurette, la sauce est onctueuse, les œufs cuits à la perfection. Mon époux me raconte sa journée pendant qu'on nous sert la poule au pot.

« La crue de 1876 avait épargné le gros de l'usine, celle d'aujourd'hui n'a pas eu cet égard. Les machines à emboutir sont sous deux mètres d'eaux. J'ai eu toutes les peines du monde à me rendre sur les lieux. L'assurance couvrira les avaries : c'est une bonne chose. J'ai vu des bateaux qui emmenaient les curieux aux endroits les plus spectaculaires. Les soldats du génie ont tant bien que mal construit des passages pour se rendre d'un point à un autre, et dans certaines parties de la ville on utilise les bancs des écoliers en guise de passerelles. Heureusement, il semblerait que la décrue ne tardera pas. Dehors offre aux yeux de tous son lot de misère et de ruine.

– Je suis assurée que dans pareilles conditions, il faut aider ces gens. Il serait charitable que vous envoyiez un don à la soupe populaire.

– Vrai mon amie, il faut porter assistance à ces malheureux, je le ferai dès demain. »

Il prend à peine le temps de planter sa cuillère dans le soufflé au Grand Marnier d'Hortense et, le repas fini, il repart s'isoler le temps d'un cigare et d'un verre d'Armagnac. Quand je le recroise, je suis installée sur la bergère du petit salon et continue l'avancée de ma broderie. On dit que les horloges pneumatiques que l'on peut croiser sur les grands boulevards se sont arrêtées à vingt-deux heures cinquante. Depuis Tokyo, j'ai un rapport privilégié avec le déroulement du temps, je ne le dirige pas, ni ne le guide. Il arrive parfois, pourtant, que je puisse me confronter à lui, au point de disparaître sur une longue période et n'avoir été absent que quelques minutes.

J'ai brodé une partie de la soirée, j'ai fini par délaisser mon ouvrage pour la lecture d'André Gide, ce n'est pas mon époux qui me tiendra compagnie ce soir. Sans doute préfère-t-il au murmure des feuilles qui crissent et du récit qui se découvre les alcools qu'il boira avec ses amis comploteurs. Les mêmes qui ont juré de le couvrir et qui partagent son goût pour les cocottes endimanchées, le bien boire et la bonne chair. Je suis retournée dans ma chambre, je veux qu'elle soit pour toi un sanctuaire. Je me suis déshabillée, non sans l'application d'Hortense, et me suis couchée en chemise de nuit. C'est au moment où je me croyais en sécurité que mon esprit s'est trouvé assailli par le souvenir violent du baiser de la veille : il me torturait. Je suis restée dans le silence un long moment. Mon cerveau s'occupait à penser à toi, à lui. Je voulais te protéger de son bras. Il régnait en cette retraite un silence imperturbable. Je songeais à toi, il n'y avait que toi, tu dissolvais toute autre réflexion. Je te revoyais dans ta robe de Hashima, je me remémorais notre si secrète nudité.

Je regrettais amèrement ce moment. Attendant le retour de mon époux, je me suis levée pour saisir un coupe-papier et le glisser dans mon lit avant de retaper mes oreillers et de m'installer dans une position moins confortable, prête à répondre à un quelconque envahissement de ma couche. Mes yeux fixaient la neige qui s'intensifiait au-dehors. J'espérais ne pas avoir à me défendre, mais j'y étais préparée. Je suis restée, dans cette position, dans ce grand lit froid, à patienter, observant le charivari des éléments, les cristaux qui se déposaient sur la paroi glaciale de la fenêtre qui donnait sur la rue. Je continuais de lire Gide, espérant qu'il me permettrait lui aussi de ne pas sombrer. J'en arrivais à la moitié de *La Porte étroite* que je me mis à bâiller. Hortense avait fini de débarrasser l'office, elle s'était occupée de la cheminée, j'entendais ses pas au-dessus de moi, un son sourd de quelqu'un qui s'agenouille pour la prière, suivi du grincement d'un sommier usé, puis le silence. Je demeurais résolue à me défendre. Cet homme n'avait rien fait de criminel, il était là au mauvais endroit au mauvais moment. Il fallait que je me réconforte en songeant que si je le blessais, ce serait de la légitime défense.

« Des moyens, il y en a tant, des réponses il n'y en a qu'une.

– Midori, je suis piégé dans ton corps, en un lieu où tu n'es pas !

– Ce n'est rien Ikiro, tu n'es que de passage en ce monde. Tu arriveras à le quitter.

– Sans heurts et sans troubles ?

– C'est à toi de répondre à cette question. »

Minuit résonne au carillon du salon. J'entends une porte qui se referme. Des pas qui traversent le hall, avant d'emprunter l'escalier. Les pas ne résonnent plus, expirent dans le tapis qui court le long des marches. La poignée de la porte de sa chambre tourne d'un quart de tour avant qu'il n'entre, dépose sa montre à gousset sur sa commode. Ses boutons de manchette tintent, j'entends l'imperceptible son de la soie d'un haut de forme que l'on pose, le froissement d'un vêtement que l'on quitte, celui plus délicat d'une chemise que l'on range sur un valet de bois. Je retiens mon souffle, j'attends qu'il rejoigne son lit. Il s'assoit à son bureau, décachète une enveloppe. Je surprends le murmure de sa voix, il lit à voix basse. Je perçois le verre d'alcool qu'il remplit. Il s'est probablement servi un whisky. Tout ceci n'est que supposition ; à mesure où je discerne sa présence dans sa chambre je songe que peut-être il n'y aura pas d'estafilade. Il est tard, à présent il se balance d'avant en arrière sur son fauteuil, ce son sape mes dernières fortifications et mes yeux comment à se fermer ; l'endormissement me fait relâcher la prise que j'ai sur mon coupe-papier.

Il me rejoint, je dors d'un sommeil profond, je sens une main qui court le long de mon dos. Je ne sais comment me soustraire à son emprise. Surprise par le contact de sa paume froide, je m'éveille, tressaute. Je saisis mon arme, je pourrais la planter dans cette main étrangère. Je fais le choix, instinctivement, de lui parler. S'il ne m'écoute pas, s'il insiste, je pourrais le blesser plus tard.

« Je suis fébrile mon ami, ayez du cœur et retournez dans votre chambre. Demain je convoquerai notre médecin de famille. Pour l'heure, laissez-moi me reposer, je vous en conjure.

– Soit, Marie. J'espère que vous vous porterez mieux sous peu. »

Il referme ma porte sans un bruit et retourne dans sa chambre. Je le laisse aller, concentrée comme tout à l'heure sur le moindre bruit qui puisse me parvenir. Plus tard, je l'entends qui se couche, la lampe à gaz s'éteint, je comprends que je ne crains plus rien pour cette fois. Je songe très rapidement que ce stratagème de feindre la maladie ne me permettra pas de repousser ses assauts charnels éternellement. Quand on gagne une bataille, il faut profiter de son ascendant stratégique. C'est obligé, je me dois de fuir. Il faut m'assurer qu'il soit endormi.

Je fais le moins de bruit possible, il ne faudrait pas que mon mari se réveille, comme il ne faudrait pas qu'Hortense me surprenne. Sans doute serait-elle étonnée de me voir habillé à cette heure. Je ne prends rien avec moi si ce n'est une capeline de lourd feutre. Je ne voudrais pas que mon allure attire l'attention. Je descends dans le bureau, tire une liasse de billets du coffre-fort de mon époux et me dirige vers le hall. J'avance doucement pour que le cuir de mes bottines ne crisse pas. J'ouvre la porte qui donne sur la rue.

Je marche au hasard dans la capitale. La cloche de Notre-Dame retentit. Je pénètre dans l'obscurité des rues. Là où je me trouve l'eau n'a pas tout noyé. Je ne croise personne. Les premières passerelles apparaissent, elles délimitent les endroits où je peux aller et les chemins qui me seront interdits. Des maisons, des magasins, des bureaux, du marché : aucun son ne vient troubler mon passage. Je m'enfonce toujours plus irrémédiablement dans les ténèbres. Je suis dans ton corps, loin de ce foyer où, un jour ou l'autre, je n'aurais pu contrer les manœuvres de ton mari. Je pourrais tomber sur un drôle qui me délesterait de mon argent. Par chance, dans la poche de ma robe, je tiens le coupe-papier qui aurait dû servir plus tôt.

Sans but, sans savoir où je dois me rendre, je marche. J'ai bien songé à me réfugier dans un hôtel, prendre une chambre le temps de faire le point, mais ils sont fermés pour cause de crue. Mon époux ne doit pas s'être aperçu de ma disparition. Demain, ne me voyant pas, il partira à ma recherche, il préviendra la police : ce n'est pas courant ce genre d'affaire. Il ne me reste qu'à m'enfuir, le vortex que je redoutais lorsque je me trouvais sur Hashima, à présent je l'espère. Je voudrais tant te revoir, je sais que je n'ai plus ma place à Tokyo, mais j'ai ma place ailleurs, et je marche, ma capeline s'alourdissant de neige, mes pieds frigorifiés, le souffle coupé par le froid. Si seulement tu pouvais te trouver auprès de moi ; à deux, l'errance serait une sorte de fête. Nous irions de village en ville, parcourant le monde. Nous n'aurions pas d'attache, nous suffisant l'un à l'autre.

Pardonne-moi Midori, je me devais de te soustraire à ton époux même si ton corps est perclus de froid, que chaque pas que je pose brûle, que je nous mets dans un inconfort certain. Ce n'est rien, nous allons nous retrouver.

« Tu vas me rejoindre et je serai là pour t'accueillir.
– Midori, tu es toujours présente lorsque je me perds, tes paroles réchauffent mon cœur brusqué par le froid. »

C'est cela, marcher, emprunter des passerelles, faire attention à ne pas choir, savoir que je ne crains rien, que nous sommes ensemble, moi dans le corps qui t'appartient, toi peut être dans le mien. Dans une temporalité autre, à la lisière de la réalité. Je fais le choix de ne plus retourner à Tokyo, quoique si cela arrivait, je repartirais te chercher. Une musique lancinante tourne dans ma tête, je secoue mes vêtements et marche : périple fiévreux, fuite nécessaire. La fatigue me terrorise, s'arrêter c'est peut-être mourir. L'hiver est de loin ma saison préférée, et ce de tout temps. Regarde moi, j'aimerais que ce froid me quitte, je ne suis plus dans l'inconfort, je suis blessée par la neige et le souffle glacial du vent qui me frappe à chaque rafale.

« Je sais ce que tu endures mon Ikiro. Là, où je me trouve, je t'observe et je te plains. Tout sera fini sous peu. Marche, éloigne-toi, confonds-toi en cette nuit glacée. »

Je ne peux pas marcher plus longtemps, pardonne-moi de m'effondrer, de me répandre en larmes, de faire pleurer tes yeux. Je ne peux plus faire un pas et je choisis de me réfugier contre la devanture d'un magasin abrité du vent. Je désespère, je suis perdue, j'ai failli, je me résous à attendre que le jour se lève, pelotonnée contre la façade de ce magasin de piano. Je clos les paupières. Notre Dame sonne à nouveau. La neige ne tombe plus, elle reste en équilibre dans l'air. Le froid me quitte, il n'est plus si cinglant, j'ai l'impression que la température est plus clémente. La Seine se retire, elle retourne au repos jusqu'à son prochain grondement, jusqu'à ce qu'elle revienne pour montrer aux humains qu'ils sont de petites choses. Je quitte ma capeline et la glisse sous moi pour plus de confort. Au loin je distingue une lumière, elle avance, chaloupant dans la brume : elle danse. Lorsqu'elle me rejoint, je comprends que cette lueur provient de l'extrémité de la queue d'un chat. Je ne suis en rien effrayée, j'ai trop vécu pour cela.

« Dure journée hein ?

- Oui, dure journée.

- Tu es Ikiro, je présume. Je manque à tous mes devoirs, je ne me suis pas présenté. Je suis Cerfeuil, un lointain cousin de Soke. Piètre magicien mais compagnon fidèle. Je vais essayer de te ramener à Midori. Tu n'as plus à craindre celui que tu fuis, il ne se réveillera qu'à ton départ, nous aurons tout le temps nécessaire pour trouver une solution. »

Cerfeuil finit de parler et bourre sa pipe d'herbe à chat avant de l'allumer et de tirer sur le bec avec insistance. Je ne sais comment quitter ce monde, mais j'ai la certitude qu'il pourra répondre à cette question, et que sous peu nous serons à jamais ensemble.

Cerfeuil fume toujours, il me confie qu'il n'est pas comme d'autres félins accros au lait de rose, qu'il lui préfère une bonne bouffée d'herbe à chat. Il promet que je ne dois pas m'inquiéter, que nous trouverons une solution, que je ne suis pas dans un si grand désarroi que cela. Qu'il y a, comme m'avait expliqué Soke, des passerelles entre les mondes. Il continue en m'expliquant que nous devons retrouver la « jeune fille ». Qu'elle pourra nous conseiller, que son aide sera indispensable pour régler mon problème. Je ne suis plus transi de froid, la neige ne tombe plus, la Seine a regagné son lit, elle coule à présent paisiblement. Il fume, entrecoupant ses aspirations, usant des mots pour me réconforter.

« Non, mais si avoir gobé un œuf te fit te retrouver dans le corps de Midori, il est logique de penser que, si tu en gobes deux, tout redeviendra comme auparavant. Quant aux vortex et leur stabilité, je ne peux rien te promettre Mademoiselle Ikiro.

- Merci pour cette réflexion Cerfeuil, mais je ne suis pas une femme, du moins, pas intérieurement.

- Mais nous pouvons biens nous amuser de la situation. N'est-ce pas, *miss* ?

- Arrête ! »

Il se redresse, il redevient sérieux, se lèche la patte et me regarde de ses grands yeux verts. Nous discutons encore, je ne suis plus fatigué. À m'imaginer te rejoindre, je sens qu'une force neuve m'irrigue. Cerfeuil se lève enfin et m'enjoint à le suivre.

Je ne sais pas où nous pourrons trouver la jeune fille dont il me parlait il y a quelques instants, jusqu'à ce que je me rende compte que les affiches s'animent et pointent du doigt dans une direction inconnue. Cerfeuil me dit qu'il faut toujours croire aux affiches, elles connaissent tout de Paris. Ce sont des auxiliaires parfaits pour qui cherche quelque chose en particulier. Il s'approche de l'une d'elles, un homme vêtu tout de noir et avec une écharpe rouge.

« Bien le bonsoir cher Aristide, pourriez-vous me dire où je pourrais trouver la jeune fille ?

– Avec plaisir Cerfeuil. À cette heure elle doit être à la Sorbonne.

– Merci Aristide ! »

Aristide Bruant s'absente de sa réclame, il rejoint Toulouse Lautrec et ils boivent ensemble un verre d'absinthe. L'eau fraîche coule sur le sucre et trouble la Fée verte. Les réverbères s'allument un à un, sans qu'ils ne soient électrifiés ; des branches sortent des tuyaux de cheminée des habitations, les nuages ressemblent à de majestueux oiseaux qui conquièrent l'empire de la nuit. De partout sortent les souris et les rats, dans les rues ils dansent une folle farandole. La décrue du fleuve laisse derrière elle des flaques irisées. Poussent et croissent des fleurs entre les écarts des pavés, des coquelicots, des marguerites, toutes les variétés que l'on aime fleurissent après notre passage. Le monde végétal parfume l'air nocturne de senteurs capiteuses et étourdissantes. Les ramures des arbres qui dépassent des conduits verdissent et se couvrent de feuilles. Au ciel, les nuages descendent lentement jusqu'à embrasser la terre et recouvrir la ville d'un voile de brume. Cerfeuil ouvre la marche, ses yeux sont luminescents et balayent de gauche à droite le chemin que nous empruntons. Nous traversons une grande partie de la Capitale et arrivons dans le Quartier latin, les devantures des librairies s'animent à leur tour. Une enseigne représentant une femme nous indique l'entrée de l'université. Nous longeons le quai Saint-Bernard et pénétrons dans la faculté. Le ciel se reflète sur la Seine et forme des stries à la surface du fleuve.

La bibliothèque est entourée d'une bulle safran, comme celle qui protégeait Fumiko pendant la nuit des démons. Nous traversons de nombreuses salles, jusqu'à arriver dans une pièce en retrait où la jeune fille est occupée à lire un roman d'amour.

« Chère jeune fille, je vous présente Ikiro, c'est un ami humain.

– Vivant ?

– Oui vivant.

– Pardonnez cette question c'est que la mort a tout d'un état ennuyeux. Heureusement elle permet de parfaire sa culture. On m'a appelée l'inconnue de la Seine, je ne l'ai jamais été, inconnue. Du moins je ne crois pas. En naissant on scelle la vie par un prénom que l'on gardera jusqu'à la fin. Depuis que je suis un esprit, mes amis ont la délicatesse de m'appeler « la jeune fille » et cela me convient parfaitement. Que puis-je pour vous mes amis ?

– Nous voudrions trouver des *tamago*.

– Des *tamago*, je ne serais pas étonné si vous pouviez les rencontrer dans le réseau des égouts de la ville. Et toi, Ikiro, si nous devenions amis comment me nommerais tu ?

– Je vous trouverais un nom qui a du sens, un prénom joli, peut-être vous appellerais-je "Yuki", cela veut dire "neige" dans ma langue maternelle.

– Un beau nom, il me plait à ravir ! »

Nous laissons la jeune fille et quittons la Sorbonne. Cerfeuil me demande comment j'ai trouvé Yuki. Je lui réponds qu'elle a un visage d'une infinie douceur, il acquiesce tout en ajoutant qu'elle est pour le moins sélénienne, et que cela exalte sa beauté. Nous discourons de sa grâce et de son sourire charmant jusqu'à arriver à une bouche d'égout. Une lourde chaine cadenassée entrave la grille par laquelle nous devons pénétrer. Cerfeuil n'est pas un chat cambrioleur mais il a certaines compétences. Il glisse sa griffe dans la serrure du cadenas, il y a un léger clic et la serrure cède. Nous l'ouvrons et nous nous faufilons dans le réseau des eaux usées de la ville. Étrangement, l'odeur n'est pas nauséabonde, en se retirant, le fleuve a nettoyé les immondices ; les tunnels ont un étonnant parfum safrané. Nous marchons toute une partie de la nuit. Par endroits, on peut apercevoir la lumière de la lune, cercle parfait voilé à peine par les rides des nuages. Les couloirs sont assez hauts pour que nous ne soyons pas obligés de nous contorsionner. Nous avançons dans ces circonvolutions souterraines, avec comme éclairage la lueur des yeux de Cerfeuil.

Proche du boulevard des Italiens, le chat prend un raccourci qui nous évite de passer sous l'Opéra Garnier. « Son fantôme est un esprit insupportable, imbu de sa personne », selon les mots de Cerfeuil qui me le dépeint d'une bien méchante manière. Nous repartons dans la direction opposée. Cerfeuil, heureux de ne pas avoir rencontré cet odieux personnage, ajoute « qu'il triche aux cartes et qu'il est connu dans Paris comme un cleptomane invétéré ». Nous cheminons, notre progression entrecoupée par des questions que je pose à Cerfeuil et par ses réponses cyniques. À l'entendre, peu d'esprits ont crédit à ses yeux. Il s'arrête de temps à autre, lit les panonceaux et continue sa marche : j'ai le sentiment qu'il ne sait pas où nous devons nous rendre. Je me permets de lui en faire la remarque, il s'assied et se met à maugréer : « Si tu connais les égouts mieux que moi, tu devrais diriger l'expédition. » J'ai toutes les peines du monde à m'excuser, au point de mentir sur ses capacités exceptionnelles, jusqu'à ce qu'il se sent flatté et nous reprenons notre route. Malgré cela, j'ai la certitude que nous sommes égarés.

« Nous ne pouvons pas nous perdre. Je n'ai pas – il est vrai – une connaissance parfaite des égouts parisiens, mais enfin comment se perdre quand on n'a pas de lieu où se rendre ?

– Je ne comprends pas.

– L'important n'est pas où nous allons, les *tamago* peuvent être partout, non ? Il faut les chercher. Ils sont là, quelque part. Ce qui compte, c'est juste de les trouver et pas de rejoindre un lieu précis : donc, techniquement, nous ne sommes pas perdus. »

Fier de la démonstration de sa logique, il reprend la marche, nous progressons chaotiquement, les conduits parfois sont étroits, d'autres fois larges comme une avenue. Je suis mon guide. Je ne sais ce qu'il peut advenir, je retrousse la traine de ma robe pour progresser plus aisément. Peut-être toi aussi es-tu prisonnière d'un autre corps ? Si tel est le cas, tu comprends parfaitement pourquoi j'ai entrepris cette quête. Je le fais pour ton salut, pour nous, ma si exceptionnelle tendresse. Cerfeuil pose agilement ses pattes l'une devant l'autre avec une parfaite distinction, je dois dire que je me sens gourd dans cette robe, portant cette lourde capeline de feutre. La nuit est sur le point de mourir et nous n'avons pas encore pu localiser le moindre œuf. Je commence à croire qu'ils ont disparu. Je songe que dans ces conduits démesurés et imbriqués, dans ce dédale, nous ne pourrons pas les trouver. Et si nous parvenons à les débusquer, il faudra en capturer deux, cela divise sensiblement nos chances de réussite.

Je ne sais pourquoi je me mets à siffler cet air que ma mère me chantait quand j'étais un tout jeune enfant. Mon sifflement résonne contre les parois. Je chante à voix basse la comptine du « Petit éléphant ». Lentement apparaît un *tamago*, puis un autre, suivi d'une dizaine de ses congénères. Ils émettent des « pops » heureux, sortent de l'ombre, y retournent, en ressortent, tournant sur eux-mêmes, faisant des petits bonds qu'ils accompagnent de leurs cris. Ils modulent sur le rythme de ma chanson et dansent joyeusement devant nous, avant de disparaître dans l'obscurité. Nous les suivons tant bien que mal et débouchons sur un grand collecteur. Là, toute une population de petits œufs s'amuse à plonger du haut d'un conduit en prenant de l'élan sur ce toboggan improvisé. Ils sont rouges, et lorsqu'ils émergent de l'eau ils changent de couleur. Cerfeuil m'explique : « Les *tamago* français sont quelque peu différents de leurs homologues japonais. » J'apprends qu'ils ne sont pas verts mais bien couleur rubis, et qu'au contact d'un liquide ils changent de teinte. Ce n'est pas de la guimauve qui s'agite en eux mais une sorte de crème glacée un peu liquide. Cerfeuil n'en a jamais mangé, selon lui ils doivent avoir un goût de cerise. On ne peut pas les attraper, et ils ne lisent pas dans les esprits humains. C'est eux qui doivent venir à vous.

Je continue de chanter, certains *tamago* se mettent en cercle autour de moi et m'écoutent, ravis. Je vois leurs yeux qui se ferment.

« Continue Ikiro, ta comptine les berce, ils s'endorment. »

Je chantonne à voix basse, un petit œuf se perche sur mon épaule. Les autres se rapprochent de moi. Je sais que je dois les capturer, tout comme je sais que je dois en gober deux pour que tout redevienne comme avant. Je m'en veux de capturer de si gentilles et pacifiques créatures. Finalement, j'en dépose deux dans mon porte-monnaie en crêpe de soie. Insensiblement ils s'endorment, je referme mon sac et Cerfeuil et moi repartons pour émerger des égouts.

Assis sur les quais de Seine, j'ouvre avec précaution mon sac. Les petits *tamago* sont encore endormis. Ils ronflotent tranquillement. Au loin, la Dame de Fer est toute recouverte de fleurs, chaque point de rivetage remplacé par un bouton de rose. Le vent transporte de partout leur parfum entêtant . Les rues sont désertes. En se retirant, la Seine a fait apparaître des trous béants. Il n'y a plus de lac à la gare Saint-Lazare, le métro n'est plus inondé. Personne à cette heure dans les rues de la ville. Le fleuve assagi rend aux Parisiens leur Capitale. La Lune descend lentement sur la ville, sa lumière décline. Les péniches et les embarcations reposent sur le sable, tenues en laisse par de solides amarres. Je regarde encore les *tamago*. Leur bonhomie et leur bonté me pousse à hésiter avant de les gober. Je sais que je me dois de les ingurgiter mais j'en éprouve de la tristesse. Les petits œufs se font une couverture de la liasse de billets de mille francs que j'ai volés la veille. Ils me regardent parfois avant de se rendormir.

« Allez, Ikiro, tu les gobes et au revoir cette temporalité bâtarde. C'est bien ce que tu veux, quitter ce monde, laisser ce corps !

- Oui, c'est ce que je veux. Mais enfin, crois-tu vraiment que je dois les manger ?

- Tu sais très bien que je ne suis pas un grand magicien, mais pour moi, si en gober un t'a transporté ici, alors en gober deux pourrait vous réunir à nouveau. »

Je réfléchis sur les raisons qui m'ont fait apparaître en ce monde et je songe à la condition dans laquelle tu te trouves. L'envie de te protéger est plus forte que tout, j'ouvre mon sac, le *tamago* dans les mains. Je le gobe avant de saisir le second et de le mettre dans ma bouche à son tour. Je sens sur ma langue un goût de framboise qui s'amplifie. Au moins, les petits œufs n'ont pas souffert. J'attends que le vortex s'ouvre à nouveau, rien ne vient, le soleil se lève, ton mari est toujours dans un état de stase, Yuki doit être sur le point de rejoindre son gîte. Sous les eaux, elle attendra une autre nuit surnaturelle et reprendra sa lecture là où elle s'est arrêtée. Les artistes et les bohèmes, une fois que j'aurai quitté cet univers, regarderont avec tendresse le moule de son visage : muse par-delà la mort.

Le passage ne s'ouvre pas ! Bientôt je serai reprise par la maréchaussée. Ils vont me retrouver. Ne comprenant pas ton comportement et le refus de ses avances, il est possible qu'il te prenne pour folle et te place à l'asile Sainte-Anne. L'univers des fous ressemble à s'y méprendre à une prison, seulement les prisonniers sont privés de liberté : les aliénés le sont d'eux-mêmes. Je suis pris de terribles crampes d'estomac. Cerfeuil me dit que je me fais des idées, que tout va bien se passer, j'aimerais le croire mais mon ventre me fait atrocement souffrir. Je me mets à trembler : ma jambe, mes mains, je n'arrive plus à me contrôler. Je regrette amèrement ce que je viens de faire, nous aurions pu utiliser un autre moyen pour te libérer, Ô Midori cher amour. Vient la nausée, je vomis le contenu des œufs devant Cerfeuil, inquiet, qui me tapote affectueusement sur l'épaule. J'ai un soudain et sauvage mal de tête, je régurgite l'enveloppe des deux *tamago*, mon corps est brûlant, je dois avoir de la fièvre, et je me couche à terre en espérant me sentir mieux, j'ai le souffle coupé, la respiration haletante. J'ai froid à présent, je regarde mes mains ; mes doigts sont invisibles ! L'invisibilité remonte le long de mes bras, elle avale mon buste et descend : je m'efface...

Empire State Building, 28 juillet 1945

Nous sommes à nouveau réunis, je suis restée dans ton corps, tu es dans le mien. C'était une possibilité. Il nous a fallu accepter cet état. Nous sommes en couple depuis deux ans, et nous sommes heureux. Hier nous avons lu jusqu'à tard, et finissant notre roman nous avons discuté longuement de nos lectures respectives. Je n'aime pas lorsque la fatigue vient et que je m'endors. Je vis cet instant comme une séparation redoutable. Peut-être est-ce la raison de mes fréquentes insomnies ? Nous habitons un appartement dans la banlieue de New York, pour nous rendre à notre travail il nous faut partir tôt le matin, prendre le train, le métro. Nous ne sommes pas pauvres, pas nantis ; dans cet entre-deux nous vivons avec le sentiment aigu de chérir chaque jour. Je travaille comme liftière à l'Empire State Building, tu es employé de bureau dans le même gratte-ciel. J'apprécie mon travail, je parcours les étages tout le jour, c'est un métier qui pourrait passer pour redondant ; monter, descendre, s'élever, redescendre... Du hall à la terrasse d'observation du quatre-vingt-sixième étage. Mais c'est un métier inspirant. Mon esprit vagabonde, c'est une activité contemplative : un moyen de s'évader au cœur du quotidien.

Nous avons fêté notre anniversaire de rencontre, nous marier me plairait, quant à toi, cela te fait infiniment peur. Nous nous aimons si sincèrement que tu redoutes même le plus infime changement dans notre existence ; tu te sais comblé, il ne te faut pas davantage. Je me suis fait à ton refus, la vie n'est pas le catalogue par correspondance Sears. On ne remplit jamais toutes les cases, on ne se procure pas tous les articles. Il faut composer avec elle. Ce matin il fait un temps maussade, je t'ai accompagné jusqu'à la porte de ton bureau, je suis montée sur la terrasse c'est mon privilège que de jouir du panorama qui s'étend sur la ville. Je reste souvent de longues minutes devant la vue qu'offre mon observatoire. Si haut, j'ai l'impression d'être seule, rescapée de la civilisation, protégée de tout, hors de tout : tutoyant les cieux.

La brume recouvre le sommet de L'Empire State Building et plonge jusqu'au soixantième étage. J'ai l'impression d'être blottie dans la ouate des nuages. Je reste encore quelques minutes, je suis sur le point de reprendre mon service et débuter mes incessants allers et venues entre la terre et le ciel quand je me rends compte que tu as oublié ton portefeuille. Tout à l'heure nous sommes passés par un *diner*. J'ai pris un café, toi un muffin. Tu as dû confondre ton manteau avec le mien, ils sont de la même couleur. Je descends à ton étage, nous discutons un peu, ton patron est en rendez-vous ce matin.

Un bombardier B-25 Mitchell en provenance de la base militaire de Bedford, dans le Massachusetts, et à destination de Newark, vient de passer un second appel. L'aéroport de La Guardia lui a conseillé de ne pas se poser à Newark. C'est un vol de convoyage, le lieutenant-colonel qui le pilote en a référé à ses supérieurs peu après, ceux-ci lui ont dit de suivre le plan prévu. William F. Smith continue de voler au-dessus de la ville, il compte avoir une meilleure visibilité en descendant en dessous de mille pieds. Le brouillard est épais, le bombardier survole Manhattan, évite de justesse la tour Chrysler, le Rockefeller et s'encastre au soixante-dix-neuvième étage de l'Empire State Building dans un choc et un bruit terrifiants.

Nous sommes à ton étage, par réflexe tu me pousses violemment dans l'ascenseur. Quatre étages au-dessus le B-25 s'éventre dans la façade du gratte-ciel. Huit personnes meurent brûlées vives, l'équipage décède sur le coup. Les dix tonnes de l'avion explosent, grêlant les murs de morceaux de métal. Sous l'impact, le premier moteur traverse les bureaux et va se loger dans l'immeuble d'à côté, le second moteur, lui, tombe en flammes dans la cage d'ascenseur. Le fuselage de l'appareil est tailladé par les poutrelles et les barres en acier du béton armé. La moitié du Bombardier finit sa course dans le bâtiment. Une femme terrorisée essaie de rejoindre les escaliers de service, devant elle l'amas de gravats est si colossal qu'elle ne peut pas les emprunter : elle doit renoncer.

Nous entendons une seconde explosion. Je te serre fort contre moi, j'ai peur, je ne sais que faire, nous dévissons. Ce qui m'impressionne, ce sont les cris déchirants qui nous parviennent. Piégés, nous espérons que les câbles tiendront bon, on entend un grincement métallique inquiétant. La cage d'ascenseur oscille dangereusement avant de chuter.

Chute

Nous sommes jetés contre les parois de l'ascenseur. Tes yeux plongent dans les miens. Je me souviens du premier jour, la rentrée universitaire, ta main qui se pose sur mon épaule, je me retourne ; mouvement qui change à jamais mon existence. Ma main lâche la tienne. Tout comme à Darvasa. Nous sommes plaqués au sol, nous trébuchons, j'essaie de saisir à nouveau ta main. Me voici dans cet *izakaya*, te regardant, mourant presque lorsque ton corps disparaît derrière la cloison qui mène au comptoir. Je tente de t'attraper par la manche. Tout comme je voulais le faire alors que nous nous quittions à la gare d'Ueno. Je me cogne contre la paroi en bois. D'autres souvenirs diffus. Je songe à la mort de mes parents. Je les revois au festival d'hiver de Sapporo, lorsque nous avions gravi la tour de télévision. Je tente de m'accrocher à la rambarde. Je me souviens de Sobo ma chère grand-mère, du gâteau aux poires immangeable qu'elle me servait. Je ne sais pas si nous allons mourir, et si mourir à mes côtés effacera tout le reste. Tu réussis à m'attraper par le col, nous sommes assis tous deux contre la paroi. Que pouvons-nous faire si ce n'est accepter cette fin ? La cabine file à une vitesse hallucinante. Est-ce que nous nous regarderons encore intensément lorsque l'ascenseur percutera le béton du sous-sol ? Je réussis à me blottir contre toi, tu empoignes mon bras, me retiens fermement. Je pense à Soke, mon fidèle ami, à Cerfeuil le parisien, au professeur et à la jeune fille de la Seine. Tu me dis de rentrer les épaules et de me préparer au choc. Une dernière image apparaît. Nous sommes sur l'île de Hashima, après l'accident à la mine. Je nous revois nus, moi, noir de charbon, toi, si blanche, à la peau au teint de faïence. Nous deux dans le futon. Toi, tâchée par ma suie, peinte par ma sueur, grise. La cabine prolonge sa chute, les étages défilent. Nous sommes toujours recroquevillés sur nous, en attente de mourir. Je me blottis dans tes bras, je défaillis, tu caresses mon front, tu sais que tout sera terminé sous peu. Nos corps écharpés par le choc, l'ascenseur ravagé, la grille tordue par l'impact, la glace projetée en éclats lacérants. Un enchevêtrement de corps désarticulés, broyés par la collision de l'élévateur contre le ciment. Tu sais, j'ai connu la mort de nombreuses fois, lorsque je devais te quitter et que je retournais dans mon monde. Cela peut paraître fou, mais mourir avec toi, auprès de toi, lovés l'un contre l'autre, c'est une fin supportable. C'est la dernière pensée qui me traverse l'esprit avant que la cabine arrive en bout de course et frappe le bas de la cage !

Elle se tord, nous sommes projetés. Une partie du plancher se pulvérise au contact du béton. Le miroir entre en résonance avant de se briser en échardes qui manquent de nous blesser. La barre intérieure transperce la cabine de part en part. La grille se contorsionne brutalement. Je ne sais pas comment expliquer cela mais nous ne sommes pas morts. Je te regarde, tu me regardes. Tu me cajoles en me promettant que tout va bien, que nous ne craignons plus rien. Tu saisis la barre qui est plantée dans le bois du plancher de la cabine. Tu la glisses entre les écarts du maillage de la grille et tires de toutes tes forces, tu arrives à dégager un passage, juste assez grand pour moi. Tu me dis de sortir, de chercher du secours. Je me glisse par l'endroit que tu as déformé. Je te promets que je reviendrai. Je t'indique que tu dois rester là, que tu ne crains plus rien. Nous avons chuté de près de soixante-seize étages. Je me focalise sur ma mission : chercher de l'aide. Quant à toi, une indicible frayeur t'envahit, nous avons failli perdre la vie mais plus que tout nous avons failli être séparés. J'ai un insupportable acouphène, j'ai du mal à t'entendre, je dois deviner ce que tu me dis. J'ai compris pour les pompiers, mais maintenant mes oreilles bourdonnent. Je suis chancelante, je marche avant de m'effondrer. Quand je relève la tête à nouveau, je suis à nouveau dans mon corps, face à une porte.

« Je te sens mon amour, tu t'approches, tu me reviens.
- Midori, qu'est-ce que tout cela ?
- C'est à nouveau du cinéma, chéri. »

Louvre

Ikiro déclara qu'il fallait attendre la nuit pour faire le coup et respecter ainsi la tradition des mauvais policiers de séries B. « Que faire alors pour tuer le temps qui s'éternise », songea-t-il ? Il avait lu dans *France Soir* qu'un Américain avait mis neuf minutes quarante-cinq secondes pour visiter le musée du Louvre. Il décida de faire mieux.

*

Je cours sans toi, il y a encore à cette heure des visiteurs, un gardien essaie bien de m'attraper mais je réussis à l'éviter, et je cours, sur ce parquet à chevrons qui a manqué de me faire chuter plus d'une fois. Je traverse la salle Daru, l'aile Denon, je passe devant *Le Serment des Horaces* de David, je suis emporté dans ma course, j'accélère, échappe à un autre gardien, je manque de m'étaler au sol, je prends mon élan et glisse sur le plancher ciré et cours plus rapidement encore, le corps et le cœur mieux mobilisés à cet exercice. Je laisse la *Victoire de Samothrace* et dévale les escaliers en direction de la sortie du musée. Mes pas claquent sur les marches de marbre. Je reprends mon souffle et continue à courir pour sortir de l'aile Denon. La grande porte est face à moi, j'accélère le rythme et sors du Louvre assuré d'avoir fait un temps convenable, peut-être même que j'ai battu le record de l'Américain. La nuit est tombée, ce n'est pas une nuit comme les autres, il n'y a pas d'étoiles ou de lune dans le ciel : tout est noir.

Noir

Ce noir, enveloppe tout, se rend maître de tout, il n'y a aucune lumière. Midori n'est pas avec moi, comme au Louvre, comme tant de fois. Je songe à tout l'amour que je lui porte. Les hommes ne sont pas habitués aux ténèbres, il y a toujours une lumière, même ténue, pour les guider. J'ai beau froncer les sourcils, je ne vois rien ! Je finis par avancer à tâtons ; un aveugle en un lieu inconnu, hors de ses repères, livré à lui-même dans la nuit la plus obscure qui soit. Je marche comme je peux. Parfois, je frôle des murs, ma main suit ce fil d'Ariane maçonné. Je progresse dans une direction inconnue. Un pas après l'autre, avec prudence et lenteur. J'avance en un environnement hostile. Le mur que je suis du bout des doigts s'arrête soudainement, je balaie des mains dans le vide pour retrouver un autre guide.

Dans la nuit une sirène, des projecteurs s'allument d'un coup, me dévoilant le lieu où je suis ! La carte mentale que je m'étais dressée est fausse. Je suis dans un village. La sirène retentit, les maisons sont toutes abandonnées, et tous les bâtiments sont sur le point d'être noyés. Je comprends que la retenue en amont va engloutir la vallée. Je ne sais que faire, je cours à nouveau, plus vite qu'au Louvre, avec l'énergie du désespoir. J'entends un grondement sourd, le courant arrache les arbres et emporte les troncs. Le village sera sous les eaux sous peu, désespéré, je chute, je me relève, je n'ai plus de souffle mais il faut fuir, le plus loin possible ou peut-être faut-il essayer de se réfugier sur les hauteurs. Les premières vagues détruisent les vergers et noient les champs.

Voici qu'une vague me frappe puissamment ; sous la surface, la lumière des projecteurs diminue à mesure où je suis entraîné vers le fond. Je songe à Midori, elle si aimante. C'est enfin la fin pour moi. Je t'aurais aimée sincèrement, j'aurais pris soin de toi, et je peux te le dire à présent. Je meurs en pensant à toi : sois heureuse avec celui que tu aimes !

Je sombre. Je sens mon cœur qui bat, il ralentit. L'eau pénètre dans mes poumons : mon corps n'est plus vaillant. La mort me prend : elle devait s'irriter que je lui résiste.

Épilogue

Le réveil sonne. Son alarme résonne violement et ne s'arrête pas. Ikiro tente de mettre fin à cette brusquerie matinale, tendant le bras pour attraper sa montre, il tombe et s'étale sur la moquette. Il finit par l'éteindre et se rassoit sur son lit. Pumkin, si on lui prêtait parole, se plaindrait de cet épisode. Il s'étire, lèche consciencieusement ses coussinets avant de faire un tour sur lui-même et d'enfouir sa tête dans les plis de la couverture. Ikiro, remis de sa chute, ouvre en grand la fenêtre. Le soleil brille. Il inspire à plein poumons et la senteur délicate des fleurs d'acacias lui parvient.

Il descend, retrouve sa famille au salon pour le petit déjeuner. Yumi cuisine des œufs brouillés à la ciboulette.

« J'ai fait un rêve étrange, oncle Masaki.

– Le sommeil est un continent bien mystérieux, tu sais. »

Ikiro répond par l'affirmative, sa tante ajoute que ce sont de sages paroles, tout en reprenant une gorgée de thé.

Le vibreur du téléphone d'Ikiro fait frissonner la poche de sa veste par saccade. Il regarde discrètement le message qu'il vient de recevoir :

« Je t'aime !! ;) ».

Tout se précipite, la gloutonnerie dont Ikiro fait preuve pour finir son assiette en un temps record, son thé qu'il boit d'un trait, les baisers qu'il dépose sur les fronts de Yumi et Masaki, empressé au point d'en oublier Fumiko et de se reprendre en lui caressant la joue tout en lui promettant qu'elle est sa cousine préférée. Fébrile, Ikiro ne répond pas aux questions sur l'heure de son retour, il salue l'assemblée et s'échappe, la grille du jardinet claquant contre la gâche du portillon.

Ikiro court à en perdre haleine, il passe devant le *konbini*, un employé fait le réassort du rayon manga avec les nouveautés. Devant le bain public du quartier, il manque de se faire asperger avec l'eau jetée pour briquer le seuil. Le soleil est haut, la vie est belle, c'est ce à quoi l'on pense lorsqu'on est amoureux, c'est ce à quoi songe Ikiro alors qu'il part retrouver Midori. Elle l'attend à Shibuya, auprès du bronze d'Hachiko le chien fidèle.

Cet ouvrage a été achevé d'imprimer sur Roto-Page
pour le compte des éditions Aux forges de Vulcain
par l'Imprimerie Floch, à Mayenne,
en avril 2023.

Imprimé en France
Dépôt légal : Mai 2023
N° d'édition : 159 - N° d'impression : 102505